采蒲台的苇

孙 犁 著

 开明出版社

图书在版编目（CIP）数据

采蒲台的苇：孙犁散文 / 孙犁著 . —北京：开明出版社 , 2018.4

ISBN 978-7-5131-4263-2

Ⅰ . ①采… Ⅱ . ①孙… Ⅲ . ①散文集－中国－当代 Ⅳ . ① I267

中国版本图书馆 CIP 数据核字 (2018) 第 071161 号

责任编辑：卓玥

采蒲台的苇

著　　者：孙　犁

出　　版：开明出版社

　　　　　（北京海淀区西三环北路 25 号　邮编 100089）

印　　刷：北京市玖仁伟业印刷有限公司

开　　本：880×1230　1/32

印　　张：7.75

字　　数：180 千字

版　　次：2018 年 5 月第 1 版

印　　次：2018 年 5 月第 1 次印刷

定　　价：38.00 元

印刷、装订质量问题，出版社负责调换。联系电话：(010)88817647

目　录

识字班

　　鲜姜台的识字班开学了。

　　鲜姜台是个小村子，三姓，十几家人家，差不多都是佃户，原本是个"庄子"。

　　房子在北山坡下盖起来，高低不平的。村前是条小河，水长年地流着。河那边是一带东西高山，正午前后，太阳总是像在那山头上，自东向西地滚动着。

　　冬天到来了。

　　一个机关住在这村里，住得很好，分不出你我来啦。过阳历年，机关杀了个猪，请村里的男人坐席，吃了一顿，又叫小鬼们端着菜，托着饼，挨门挨户送给女人和小孩子去吃。

　　而村里呢，买了一只山羊，送到机关的厨房。到旧历腊八日，村里又送了一大筐红枣，给他们熬腊八粥。

　　鲜姜台的小孩子们，从过了新年，就都学会了唱《卖梨膏糖》，是跟着机关里那个红红的圆圆脸的女同志学会的。

　　他们放着山羊，在雪地里，或是在山坡上，喊叫着：

鲜姜台老乡吃了我的梨膏糖呵，

五谷丰登打满场，

黑枣长得肥又大呵，

红枣打得晒满房呵。

自卫队员吃了我的梨膏糖呵，

帮助军队去打仗，

自己打仗保家乡呵，

日本人不敢再来烧房呵。

妇救会员吃了我的梨膏糖呵，

大鞋做得硬邦邦，

当兵的穿了去打仗呵，

赶走日本回东洋呵。

而唱到下面一节的时候，就更得意扬扬了。如果是在放着羊，总是把鞭子高高举起：

儿童团员吃了我的梨膏糖呵，

拿起红缨枪去站岗，

捉住汉奸往村里送呵，

他要逃跑就给他一枪呵。

接着是"得得呛"，又接着是向身边的一只山羊一鞭打去，那头倒霉的羊便"咩"的一声跑开了。

大家住在一起，住在一个院里，什么也谈，过去的事，现在的事，以至未来的事。吃饭的时候，小孩子们总是拿着块红薯，走进同志们的房子"你们吃吧!"

同志们也就接过来，再给他些干饭；站在院里观望的妈妈也就笑了。

"这孩子几岁了?"

"七岁了呢。"

"认识字吧?"

"哪里去识字呢!"

接着，边区又在提倡着冬学运动，鲜姜台也就为这件事忙起来。自卫队的班长，妇救会的班长，儿童团的班长，都忙起来了。

怎么都是班长呢? 有的读者要问啦! 那因为这是个小村庄，是一个"编村"，所以都叫班。

打扫了一间房子，找了一块黑板——那是临时把一块箱盖涂上烟子的。又找了几支粉笔。订了个功课表：识字，讲报，唱歌。

全村的人都参加学习。

分成了两个班：自卫队——青抗先一班，这算第一班；妇女——儿童团一班，这算第二班。

　　每天吃过午饭，要是轮到第二班上课了，那位长脚板的班长，便挨户去告诉了：

　　"大青他妈，吃了饭上学去呵!"

　　"等我刷了碗吧!"

　　"不要去晚了。"

　　当机关的"先生"同志走到屋里，人们就都坐在那里了。小孩子闹得很厉害，总是咧着嘴笑。有一回一个小孩子小声说：

　　"三槐，你奶奶那么老了，还来干什么呢?"

　　这叫那老太太听见了，便大声喊起来，第一句是："你们小王八羔子!"第二句是："人老心不老!"

　　还是"先生"调停了事。

　　第二班的"先生"，原先是女同志来担任，可是有一回，一个女同志病了，叫一个男"先生"去代课，一进门，女人们便叫起来：

　　"呵! 不行! 我们不叫他上!"

　　有的便立起来掉过脸去，有的便要走出去，差一点没散了台，还是儿童团的班长说话了：

　　"有什么关系呢? 你们这些顽固!"

　　虽然还是报复了几声"王八羔子"，可也终于听下去了。

　　这一回，弄得这个男"先生"也不好意思，他整整两点钟，把身子退到墙角去，说话小心翼翼的。

　　等到下课的时候，小孩子都是兴头很高的，互相问："你学会了几个字?"

"五个。"

可有一天，有两个女人这样谈论着：

"念什么书呢，快过年了，孩子们还没新鞋。"

"念老鼠！我心里总惦记着孩子会睡醒！"

"坐在板凳上，不舒服，不如坐在家里的炕上！"

"明天，我们带鞋底子去吧，偷着纳两针。"

第二天，果然"先生"看见有一个女人，坐在角落里偷偷地做活计。先生指了出来，大家哄堂大笑，那女人红了脸。

其实，这都是头几天的事。后来这些女人们都变样了。一轮到她们上学，她们总是提前把饭做好，赶紧吃完，刷了锅，把孩子一把送到丈夫手里说：

"你看着他，我去上学了！"

并且有的着了急，她们想："什么时候，才能自己看报呵！"

对不起鲜姜台的自卫队、青抗先同志们，这里很少提到他们。可是，在这里，我向你们报告吧：他们进步是顶快的，因为他们都觉到了这两点：

第一，要不是这个年头，我们能念书？别做梦了！活了半辈子，谁认得一个大字呢！

第二，只有这年头，念书、认字，才重要，查个路条，看个公事，看个报，不认字，不只是别扭，有时还会误事呢！

觉到了这两点，他们用不着人督促，学习便很努力了。

末了，我向读者报告一个"场面"作为结尾吧。

晚上，房子里并没有点灯，只有火盆里的火苗，闪着光亮。

鲜姜台的妇女班长，和她的丈夫、儿子们坐在炕上，围着火盆。她丈夫是自卫队，大儿子是青抗先，小孩子还小，正躺在妈妈怀里吃奶。

这个女班长开腔了：

"你们第一班，今天上的什么课？"

"讲报说是日本又换了……"当自卫队的父亲记不起来了。

妻子想笑话他，然而儿子接下去：

"换一个内阁！"

"当爹的还不如儿子，不害羞！"当妻的终于笑了。

当丈夫的有些不服气，紧接着："你说日本又想换什么花样？"

这个问题，不但叫当妻的一怔，就是和爹在一班的孩子也怔了。他虽然和爹是一班，应该站在一条战线上，可是他不同意他爹拿这个难题来故意难别人，他说：

"什么时候讲过这个呢？这个不是说明天才讲吗？"

当爹的便没话说了，可是当妻子的并没有示弱，她说：

"不用看还没讲，可是，我知道这个。不管日本换什么花样，只要我们有那三个坚持，他换什么花样，也不要紧，我们总能打胜它！"

接着，她又转向丈夫，笑着问："又得问住你：你说三个坚持，是坚持些什么？"

这回丈夫只说出了一个，那是"坚持抗战"。

儿子又添了一个，是"坚持团结"。

最后，还是丈夫的妻、儿子的娘、这位女班长告诉了他们这全的："坚持抗战，坚持团结，坚持进步。"

当盆里的火要熄下去，而外面又飘起雪来的时候，儿子提议父、母、子三个人合唱了一个新学会的歌，便铺上炕睡觉了。

躺在妈妈怀里的小孩子，不知什么时候撒了一大泡尿，已经湿透妈妈的棉裤。

1940 年 1 月 19 日于阜平鲜姜台

载晋察冀通讯社《文艺通讯》

第一个洞

蠡县××庄的治安员杨开泰，今年虽只二十五岁，看来，已像三十几岁的人了。那一带环境十分残酷，他的面色，因为长期睡眠不足，显得很干枯。眼里布满红丝，那每一条红丝里，就有一个焦虑，一个决心。从前年起，××庄的形势就变了，在它周围，敌人的据点远的有八里，近的只有二里。杨开泰愤然地对人说："好，敌人蚕食使我们的任务加重了。我要把精神提高，把自己变成两个人，要叫我的精神，也增加生产！"

从此，他就很少睡觉了。他是一个贫农，有个和他年岁相当、相亲相爱的老婆。老婆看见丈夫的脸渐渐黄瘦起来，常常为他担心，每天在饭食上加些油水，劝他早些睡觉。杨开泰说："现在不是睡觉的时候了。就是敌人不出动，我躺在被窝里，想到围在身边有那么些碉堡，有那么多敌人在算计我们，我就焦躁起来了。你熬不住先睡去。"

区里的干部，有时夜间来，他们选定了在杨开泰家里开会。这不是因为他家里有高墙大院，可以防身，而是因为他们信任杨开泰这个人。深夜，杨开泰到村西头的堤上去，正是初冬，柳枝被霜雪冻干了，风吹过来，枯枝飘落。几个区干部，跟在杨开泰后面，默默地，放轻脚步，走回家去。

开过几次会了。杨开泰的脸上越发干枯，眼里的红丝也越加多了。只有他知道，敌人的特务，已经钻进村里来。在一天夜里，他从屋里走出来，猛一抬头，屋檐上伏着一个人，立时不见了。又过了两天，他清晨起来，开开板门，看见道路扫得非常干净，这样，只要有人走过，就可以辨认出几个人和去的方向。又过几天，他看见有人在路上划了许多密密的横线，有人走过时，可以清清楚楚地看出来。再过两天，他在一个夜间发现大门的铁链上，系着一条黑线，一推门线就断了。

他看到这一切，明白了一切。不只为他自己担心，他更为这些区干部担心。敌人可以包围他的家，逮捕区干部……他细心地侦察着，他迅速地通知区干部，不要到他家里来了。

一天，吃过晚饭，他对老婆说：

"不要等我了，我要到外边开会去。"

老婆就一个人先睡了。直到第二天吃早饭的时候，杨开泰才走回来，他很劳累，脸上有汗迹。老婆说：

"你看，又和谁争吵来，脸红脖子粗的。"

杨开泰只是笑了笑。

这一天吃了晚饭，他又对老婆说：

"不要等我了，我要到外边开会去。"

老婆只是撅了一下嘴，就先睡了。

这样一天、两天、三天、四天，杨开泰没进屋睡一夜觉。早饭一熟，他就带着一身疲乏，红着脸，还有些气喘回来了。第五天早上，他照例笑着问：

"饭做好了？"

他老婆坐在灶火前，垂着头，用草棍划着地，没言语。

他又问：

"今天叫我吃什么？我看你该叫我吃点好东西了。"

女人突然站起来，站起得过猛了，手扶在屋门框上。脸上挂着泪水，两只眼睛红桃儿一样。她怒气冲冲，急口说：

"好，你该吃好东西了！你费了劲了！你夜里背了瓮了！你该补一补了，你泄了阳气了！"

杨开泰也就火了，说：

"你这是干什么？你！"

老婆狠狠地望了他一眼，到里屋去，趴到炕上哭起来，嘴里数道着：

"不知道叫哪个浪女人缠住了，十天八天地不在家里睡，还有脸跟我要好的吃。你不知家里水没有人给我担，柴没有人给我抱，火没有人给我烧呀……"

杨开泰才明白老婆为什么生气了。他劝着，安慰着说：

"结婚已经快五年了，看你还不信任我？"

"我不信任你！你十天八天不进我的屋，你夜里出去，回来就瞧你累成那个样子，……我的命苦啊！"

"你的命苦，我的也不甜。可是甜的时候总得来，这就先得把苦的时候打发走。你算瞎疑心了，我不是和你说过，是出去开会吗？"

女人坐起来，擦一擦眼泪说：

"你去哄三岁的孩子吧，你去哄那些傻子吧。我问了青救会杨秃，他说这几天就没见过你。"

杨开泰还想解释解释，可是因为过于疲劳，他又睡着了。女人坐在他身边，哭泣、伤心，伤心、哭泣。

黄昏又来了。平原的村庄，把黄昏看成是一天的年节一样。孩子们从家里跑出来，满街上跑跑跳跳，把自天闭上的嘴张开，把往日可以尽情唱的歌儿唱起。女人们，也站到门口来望望。黄昏很短，一时晚饭熟了，家家先后插上门，以后又吹熄了灯。

杨开泰默默地吃过晚饭，他向老婆告假，说：

"好，我听你的话，今晚不出去了，一定在家里睡。只是我要到后院里去转转，一时就回来。"

"好吧。"老婆回答说。

杨开泰走出去，天已经很黑了，屋里的灯光，只能照明窗前一片地。

他向后院里走去，进了那间破旧的磨棚。他擦着一根火柴，石磨用四根木头支架着，他丢了火柴，钻到磨下面去，不见了。

"你给我出来！"他的老婆立在磨台一边喊。原来她偷偷跟在杨开泰后面，看他是不是从后院跳墙过去。她一见丈夫在磨下面，要借土遁逃走，大吃一惊，跺着脚，"你给我出来，你这个贼兔子，你又想哄我。你出来不出来？我喊到街上去！"

"咳，咳，你嚷什么?"杨开泰赶紧从磨台下面钻出来，老婆赶紧擦着一根火柴，把灯点着，她恐怕丈夫趁黑影里逃跑。

杨开泰满身是土，他低声对老婆说：

"既然叫你看见了，我就告诉你。你以为我每天出去玩乐去了，却不知道每天夜里，我一个人在这里掘洞。整整掘了五夜，才成功了。我下去看了看，里面可以盛四五个人。以后，我们就不必提心吊胆，可以在这里面开会了。"

说完，他走回去，把一块木板放下来，又把堆起的土粪铺在上面，就没有了丝毫的痕迹。

灯芯吸足了植物油，爆炸着，女人的疑心去了。她看见丈夫那干枯的脸，充满血丝的眼睛，和那因为完成了一件大事，兴奋快活的神气，她也笑了。像八月十五的月，一片乌云从它身边飘过，月儿显得更俊秀了。花儿避免夜晚的冷露，合起它的花瓣，在朝阳照射下，它翻然开放……

"你个贼兔子!"她也低声地，害羞地说，"你还不信任我啊。"

……

从此以后，地洞、地道就流传开了。而且在不断地改进着。什么"七巧连环洞""观音莲台洞"……花样翻新，无奇不有。而这"第一个洞"的创造的故事，也就随着洞的传播而传播着。

1943 年 5 月

塔　记

——蠡县抗战烈士塔碑记

　　斯大林同志在抨击丘吉尔的反苏叫嚣的时候说道："有些人想轻易忘记苏联的损失，即是曾经为了保证欧洲从希特勒压迫下解放出来的人民的巨大损失，可是苏联不能忘记这些损失。"这话深深地感动了我，因为在中国也有些人想轻易忘记解放区人民八年来所经历的战争，为求取解放所付出的代价，想轻易把我们从站脚的地方踢开，他们好重温往日的旧梦。事实上已经证明这些妄想是不可能的了，冀中区的人民，是不能轻易忘记这八年的。因为死去的既然已经埋葬在地下，残废的已经不能肢体齐全，病损的要负担着长期的痛苦以至老死。我们为了求得解放，献出的是身体、精神和生命；这些失掉的东西和由这些东西锻炼成的意志和理想、经验和能力，能够轻轻刷洗下去，能够消失淡漠吗？

　　蠡县县城，失掉得最早，收复得较晚，而敌人在这里的烧杀迫害比别的地方也更重。除去县城，敌人大据点有大百尺、南庄、李岗、林铺、莘桥；而蠡县又是保定、高阳联结的中心，敌人突击的重点。每次出动，至少七路。而大的"扫荡"则规律性的一月一次。

但这里人民的斗争也最顽强。过去的高蠡暴动虽然失败，却留下了火种。七七事变，蠡县人民觉悟最高，奋起最早。风起云涌，一九三八年一个冬季，蠡县的子弟兵就组成了三个坚强的支队。从此以后，这些人民的军队，县区村的干部和人民，就在大平原上，在大洼里，在秋夏的青纱帐里，奔走、呼号、战斗和牺牲。

烈士里面，有子弟兵，有农民，有知识分子，有孩子们。烈士里面，有的因为伏击、奇袭、攻坚、遭遇，死在战场。有的因为隐蔽在村，被敌人发觉，向外冲杀死在墙院，死在街道，死在洞里。有的因为侦察敌情、内线坐探，死在敌人的据点、炮楼、牢狱和刑场。这些烈士用肉体和精神的全部力量和敌人冲杀搏斗，射击完最后一颗子弹，流尽最后一滴血。他们都是共产党的好党员，好干部，好人民，因为他们生前的奋斗不屈和死后的英雄影响，使我们从"五一大扫荡"以后最艰苦的环境坚持过来，打败敌人，而且胜利了。

死难烈士里面，百分之九十五是共产党员。我想再也用不着别的事实来证明中国共产党和中国人民的血肉关系了。劳苦的和长期被压迫的人民，献出他们的儿子，交给解放战争。共产党组织了这些人物，教育了这批力量，把最好的党员再献给人民——他们的父母！

　　为什么共产党员在战争的时候，冲锋在前，退却在后？为什么共产党员在临死的时候，还能想起自己的责任，掩藏好文件，拆卸并且破坏了武器，用最后的血液去溅敌人？为什么这些县区干部能在三四年的最艰难的环境里，不分昼夜，在风里雨里，冰天雪地和饥寒里支持住自己和抗日的工作？为什么一个老百姓，一个小孩子，他会为战争交出一切，辗转流离在野地里、丛林里，不向敌人低头？而一旦被敌人捕获，他们会在刺刀下面、烈火上面、冰冻的河里和万丈深的井里，从容就义，而不暴露一个字的秘密？我们说："冀中是我们的!"是包含着这些血泪的意义的。

　　八年来，我们见到什么叫民族的苦难和什么叫民族的英雄儿女了。

　　只就县级干部来说，一九四一年秋天，齐庄一役，牺牲的就有王志远县长、陈叔衡政委、丁砚田大队长、王勤公安局长。一九四二年，在南玉田，敌人掘洞快掘到身边了，县长林清斥责妥协的企图，主张最后牺牲，打完两支枪的子弹。敌人往洞里投弹把他炸死，用紧系在他脖颈上的枪纲绳拖出洞外。同年秋后县委组织部长被困室内，敌人要他交枪，他把一支枪，卸去大栓投在门限外面；敌人来取，他用另一支枪击杀之。看见敌人倒在地下，他说："你不要吗，我还拿回来。"这样两次，一个人坚持半天工夫。敌人从房顶纵火，他才从容地把枪拆卸自杀。耿交通科长在牺牲时，则用自己的尸首掩盖武器。

蠡县牺牲县干部最多，那时曾有"蠡县不收县长""干部供不上敌人逮捕"等俗话。但干部前仆后继，壮烈事迹层出不穷，一砖一石地奠定了胜利的基础。他们在这样残酷的环境里坚持，所忍受的艰难、困苦、饥饿、疲累是不能想象的。他们的身体大半衰弱不堪，而他们所完成的工作，创造的奇迹，也是不能想象的。他们是非常时代，创造了非常功绩的人物。

当一个县长上任不久就牺牲，另一个接职，不久又牺牲了，第三个再负起这个担子和责任的时候，他的一个亲戚伤心地问他："你不怕吗?"他不怕! 他又英勇地牺牲了。

我们也不忘记那些人们：那些残废的人们，那些因为自己的儿女战死牺牲想念成病的人们，那些在反"扫荡"的时候，热死在高粱地里，冻死在结冰的河水里，烧死在屋里，毒死在洞里的大人孩子们。

我们立碑塔纪念，是为了死去的人，自然也更是为了活着的人。使烈士的英雄面貌和钢铁的声音，永远存在，教育后来。使那些年老的母亲父亲们在春秋的节日，来到这里，抚摸着儿子的名字，呼唤着他，想念他们的战绩的光荣，求得晚年的安慰。使烈士的儿女们，在到学校去学习的路上，到田地里去工作的路上，到战场上去保卫的路上，望见他们父亲的名字刻在这里，坚定他们的意志，壮大他们的勇气。

我想立塔纪念的意义就在这里了。这塔是结合了人民的意志和力量，人民和他们的子弟的意志和力量来立起高耸在云霄的。

塔也结合着人民所受的苦难，所经历的事变，所铸成的希望。塔和这希望将永远存在。

1946 年春天写

采蒲台的苇

　　我到了白洋淀，第一个印象，是水养活了苇草，人们依靠苇生活。这里到处是苇，人和苇结合得是那么紧。人好像寄生在苇里的鸟儿，整天不停地在苇里穿来穿去。

　　我渐渐知道，苇也因为性质的软硬、坚固和脆弱，各有各的用途。其中，大白皮和大头栽因为色白、高大，多用来织小花边的炕席；正草因为有骨性，则多用来铺房、填房碱；白毛子只有漂亮的外形，却只能当柴烧；假皮织篮捉鱼用。

　　我来得早，淀里的凌还没有完全融化。苇子的根还埋在冰冷的泥里，看不见大苇形成的海。我走在淀边上，想象假如是五月，那会是苇的世界。

　　在村里是一垛垛打下来的苇，它们柔顺地在妇女们的手里翻动。远处的炮声还不断传来，人民的创伤并没有完全平复。关于苇塘，就不只是一种风景，它充满火药的气息和无数英雄的血液的记忆。如果单纯是苇，如果单纯是好看，那就不成为冀中的名胜。

　　这里的英雄事迹很多，不能一一记述。每一片苇塘，都有英雄的传说。敌人的炮火，曾经摧残它们，它们无数次被火烧光，人民的血液保持了它们的清白。

最好的苇出在采蒲台。一次，在采蒲台，十几个干部和全村男女被敌人包围。那是冬天，人们被围在冰上，面对着等待收割的大苇塘。

敌人要搜。干部们有的带着枪，认为是最后战斗流血的时候到来了。妇女们却偷偷地把怀里的孩子递过去，告诉他们把枪支插在孩子的裤裆里。搜查的时候，干部又顺手把孩子递给女人……十二个女人不约而同地这样做了。仇恨是一个，爱是一个，智慧是一个。

枪掩护过去了，闯过了一关。这时，一个四十多岁的人，从苇塘打苇回来，被敌人捉住。敌人问他："你是八路？""不是！""你村里有干部？""没有！"敌人砍断他半边脖子，又问："你的八路？"他歪着头，血流在胸膛上，说："不是！""你村的八路大大的！""没有！"

妇女们忍不住，她们一齐沙着嗓子喊："没有！没有！"

敌人杀死他，他倒在冰上。血冻结了，血是坚定的，死是刚强！

"没有！没有！"

这声音将永远响在苇塘附近，永远响在白洋淀人民的耳朵旁边，甚至应该一代代传给我们的子孙。永远记住这两句简短有力的话吧！

1947 年 3 月

张秋阁

一九四七年春天，冀中区的党组织号召发动大生产运动，各村都成立了生产委员会。

一过了正月十五，街上的锣鼓声音就渐渐稀少，地里的牛马多起来，人们忙着往地里送粪。

十九这天晚上，代耕队长曹蜜田，拿着一封信，到妇女生产组组长张秋阁家里去。秋阁的爹娘全死了，自从哥哥参军，她一个人带着小妹妹二格过日子。现在，她住在年前分得的地主曹老太的场院里。

曹蜜田到了门口，看见她还点着灯在屋里纺线，在窗口低头站了一会儿，才说：

"秋阁，开开门。"

"蜜田哥吗?"秋阁停了纺车，从炕上跳下来开开门，"开会呀?"

曹蜜田低头进去，坐在炕沿上，问：

"二格睡了?"

"睡了。"秋阁望着蜜田的脸色，"蜜田哥，你手里拿的是谁的信？"

"你哥哥的，"蜜田的眼湿了，"他作战牺牲了。"

"在哪里？"秋阁叫了一声把信拿过来，走到油灯前面去。她没有看信，她呆呆地站在小橱前面，望着那小小的跳动的灯火，流下泪来。

她趴在桌子上，痛哭一场，说：

"哥哥从小受苦，他的身子很单薄。"

"信上写着他作战很勇敢。"曹蜜田说，"我们从小好了一场，我想把他的尸首起回来，我是来和你商量。"

"那敢情好，可是谁能去呀？"秋阁说。

"去就是我去。"曹蜜田说，"叫村里出辆车，我去，我想五天也就回来了。"

"五天？村里眼下这样忙，"秋阁低着头，"你离得开？我看过一些时再说吧，人已经没有了，也不忙在这一时。"她用袖子擦擦眼泪，把灯剔亮一些，接着说，"爹娘苦了一辈子，没看见自己的房子地就死了，哥哥照看着我们实在不容易。眼看地也有得种，房也有得住，生活好些了，我们也长大了，他又去了。"

"他是为革命死的，我们不要难过，我们活着，该工作的还是工作，这才对得住他。"蜜田说。

"我明白。"秋阁说，"哥哥参军的那天，也是这么晚了，才从家里出发，临走的时候，我记得他也这么说过。"

"你们姐儿俩是困难的。"曹蜜田说，"信上说可以到县里领恤金粮。"

"什么恤金粮?"秋阁流着泪说,"我不去领,哥哥是自己报名参军的,他流血是为了咱们革命,不是为了换小米粮食。我能够生产。"

曹蜜田又劝说了几句,就走了。秋阁坐在纺车怀里,再也纺不成线,她望着灯火,一直到眼睛发光,什么也看不见,才睡下来。

第二天,她起得很早,把二格叫醒,姐俩到碾子上去推棒子,推好叫二格端回去,先点火添水,她顺路到郭忠的小店里去。

郭忠的老婆是个歪材。她原是街上一个赌棍的女儿,在旧年月,她父亲在街上开设一座大宝局,宝局一开,如同戏台,不光是赌钱的人来人往,就是那些供给赌徒们消耗的小买卖,也不知有多少。这个女孩子起了个名儿叫大器。她从小在那个场合里长大,应酬人是第一,守家过日子顶差。等到大了,不知有多少人想算着她,父亲却把她嫁给了郭忠。

谁都说,这个女人要坏了郭家小店的门风,甚至会要了郭忠的性命。娶过门来,她倒安分守己和郭忠过起日子来,并且因为她人缘很好,会应酬人,小店添了这员女将,更兴旺了。

可是小店也就成了村里游手好闲的人们的聚处,整天价人满座满,说东道西,拉拉唱唱。

郭忠有个大女儿名叫大妮,今年十七岁了。这姑娘长得很像她母亲,弯眉大眼,对眼看人,眼里有一种迷人的光芒,身子发育得丰满，脸像十五的月亮。

大妮以前也和那些杂乱人说说笑笑，打打闹闹，近来却正眼也不看他们；她心里想，这些人要不得，你给他点好颜色看，他就得了意，顺竿爬上来，顶好像蝎子一样螫他们一下。

大妮心里有一种苦痛，也有一个希望。在村里，她是叫同年的姐妹们下眼看的，人们背地说她出身不好，不愿意叫她参加生产组，只有秋阁姐知道她的心，把她叫到自己组里去。她现在很恨她的母亲，更恨那些游手好闲的整天躺在她家炕上的人，她一心一意要学正派，要跟着秋阁学。

秋阁来到她家，在院里叫了一声，大妮跑出来，说：

"秋阁姐，到屋里坐吧，家里没别人。"

"我不坐了，"秋阁说，"吃过饭，我们去给抗属送粪，你有空吧？"

"有空。"大妮说。

大妮的娘还没有起来，她在屋里喊：

"秋阁呀，屋里坐坐嘛。你这孩子，多咱也不到我这屋里来，我怎么得罪了你？"

"我不坐了，还要回去做饭哩。"秋阁走出来，大妮跟着送出来，送到过道里小声问：

"秋阁姐，怎么你眼那么红呀，为什么啼哭来着？"

"我哥哥牺牲了。"秋阁说。

"什么，秋来哥呀？"

大妮吃了一惊站住了，眼睛立时红了，"那你今儿个就别到

023

地里去了，我们一样做。"

　　"不，"秋阁说，"我们还是一块去，你回去做饭吃吧。"

1947 年春

学　习

　　解放带给工人的种种新生活，最明显的就是学习。学习以接连的热潮展开了，把新的意识带到生活的最深处。从守卫室到便道两旁，全可以看到学习。走进车间，到处贴着大字报，各种快报，是工人自己编写，报道着生产竞赛的成绩。文化和教养——在建设祖国的劳动热情里，形成和发育。

　　在粗纱间，有一幅五彩的劳动画报，在细纱间，有一张用大字书写的文娱晚会的节目单。穿筘的女孩子们，一边紧张地工作着，一边仄着身子讨论着文化学习没弄明白的问题。

　　在中午，匆忙地吃过母亲送来的饭菜，打轴的青年们，放倒小推车，就围在一堆，演起算术习题来，并没来得及把脸上的汗擦干，把头发和肩头的棉絮掸落。在一个小推车旁边，一个男孩子当着三个女孩子的教员，利用这短短的时间，进行文化补习。一个年岁最小的女孩子抱着工人课本，顺在书桌的边沿上睡熟了，其余的人仍然聚精会神地学习。

　　有一个职员坐在台子上，念着《天津青年报》上的简短故事。

过去，她们是热望着学习，没有机会，她们提着一个空书包，安慰自己。现在，她们的书包里真正装满了新的文化，成为被尊敬的工人学习模范。

每当夜晚，她们走进业余学校，不再照顾那些落后迷信的小人书。

过去，当我们解放了偏僻的山野乡村，砍伐树木，支架一个简陋的校舍，开创一个识字班，那些农民热情认字的场面，深刻地留在记忆里。当我们的战士在荒凉的塞外拓垦荒地，放下锄头，就围在一堆学习的情景，也永远是动人的。现在，在工厂里，情景是一样的，更使人感动的是他们的劳动更紧张，学习的热情也更高涨。学习的条件，因为我们一步步的胜利，也更好了。

革命把文化带给劳动人民。

1950 年 7 月 6 日

节　约

　　在《纺织工人》小报上，在工厂的墙报上，常见到反浪费、爱护国家财富的小诗。这些诗都是叫棉花、纱、布自己说话，指责那些把它们遗弃了的，使得它们不能发挥作用的人们。

　　还有这样一篇故事：一个乡下的丈母娘，来到在中纺当工人的女婿家里，夜晚帮女儿给小外甥缝衣服，掉了一条线，就绕世界寻找起来。她说："我们在乡下，哪里淘换这样一条洋线，丢了多么叫人心疼！"感动了女婿和女儿，进到工厂更知道爱惜公家的财物。

　　在农民那里，一个八九岁女孩子为了穿一双针织的粗线袜，她昼夜不息地摇动纺车，要赚到一双袜子，需要一集的劳动。

　　在街上，我们常常一眼就看出那些来自乡下的母亲，白发上满带着风霜，手脸上全是艰苦劳动的皱纹。她们是从很远的乡下，来看望儿子的。儿子是一个人民解放军，母亲来了，他带她到天津最大的戏院去看一次戏。这些母亲，十三年来在农村经历过抗日战争和解放战争的最艰难的年月，用最高的热情，支援子弟的战争到达胜利。现在，儿子给她制了一件二厂红五蝠的新布褂，她是多么高兴啊！她对城市工人的劳动成果，是多么珍重和敬仰啊！

她用空纸烟盒，缝叠成一个小小的笸箩，预备盛放针线，在回家的时候，还要带上几只空的罐头和汽水瓶儿。

提起农民，不过是使我们深刻地认识我们竞赛，提高产量和质量，合理化建议的伟大意义，我们工人阶级在建设祖国，提高广大人民生活水平的光荣职责。

1950 年 7 月 7 日晨

小刘庄

小刘庄大街的牌坊，面临着海河的摆渡口。过渡的主要是工人，每到上班下班，小船就忙起来。

宽大的海河两岸，一直排下去全是工厂，天空滚滚的黑烟和激动的浑浊的水流上下辉映着，黄砖灰瓦的工房中间，不时点缀着一片片青翠的丘陵。

两岸工厂紧张的机器声，掩盖着波浪细碎的声响，海河显得很平静、宽广，像劳动者的胸怀一样。

小刘庄是工人集中的住区，和市中心的风格比较起来，它只是一部长篇故事的小小的插曲，但是一个非常含蕴热烈充实的插曲，无限的前途要在它身上展开的。

在人们的印象里，现在小刘庄不过是像冀中的端村一样的集镇，窄小的胡同，老朽的砖房，和低矮的灰土小屋，青年人上工去了，老太太们抱着小孩子在小院子里乘凉玩耍。然而这里的生活，显示着一个特点，不论街上的店铺，老年人的心情，都集中在那在工厂里工作的青年人们的身上。

　　黄昏，工人从纺织工厂、硫化厂、骨胶厂下工回来，佩戴着耀眼的奖牌、纪念章，研究讨论着合理化建议的事项。

　　他们是回家去的，从河那边顺便买了一些便宜的菜蔬，并向来自内河的老船工打听着今年乡村小麦的收成和棉花的种植情形。

　　无论是街上，小小的庭院里，明净的窗台下面，都因为工人们放工回来热闹起来了。工人们给家属和邻居讲说着学习到的新鲜道理和工厂里的新鲜事情。

　　因为待遇的实际提高，使小刘庄大街面粉的销路增加起来，无谓的奢侈品减少了，合作社增加了朴素实用的货物。在拐角的地方，还有一个鲜花摊，陈列着盆栽的海莲、月季、十样锦，是卖给在职工宿舍住宿的工人的。

　　小刘庄正在修整街道和那些残破的房子，在边沿上，在清除那些野葬和浮厝，浚通那些秽水沟。这里的环境卫生还要努力改善。在摆渡口有一个落子馆，几个女孩子站在台上唱，台下有几排板凳，但因为唱的还是旧调，听的人很少。在街中心有一个中年妇女出租小人书，内容新旧参半，只是数量很小。小刘庄应该有一家通俗书店，应该有一个完备的文化馆。工厂的文化娱乐，应该更密切地和工人家属教育结合起来。

1950 年 7 月 9 日

团　结

　　工人们在今天，把自己的工厂看成是自己的家，甚至比家还重要。工人，就是不在一个厂里工作，也亲切得像兄弟姐妹。

　　这天，我们的工厂演戏招待私营纱厂的工人同志，车间的灯光雪亮，夜班已经开工。大门口走进一群群来自别的纺纱厂的女孩子，她们穿戴整齐，在洋槐树夹抱的南道上，静听着我们的机器的响动。

　　"人家的机器多，听人家机器的响动，一定好使唤！"她们称赞着，又看到了我们工厂新设备的墙下通风的小方窗。从这并排的一个个的小窗洞里，可以看见里面站在机器旁边的女孩子们的腿。

　　"你看，人家这个多凉快啊！"她们一路走着又称赞起来。

　　她们看见了我们新设置的开水桶、新茶缸、绿豆汤。这些，她们的厂里已经有了。她们又跑到托儿所的门前，推开门去看那些小床、白被褥、青年的护士和正在喂奶的母亲们。

　　在我们厂里，她们到处遇见热情的招呼，就连那站在路灯旁边，佩着枪的警卫，也"二姐二姐"地向她们召唤。

这些青年工人，从很小的时候，就做相同的工作了。生活在她们心里形成一种共同的东西：团结，工作，还要工作得出色。这个共同的东西有时看起来是抽象的，然而是有力的，顽强的，值得尊敬的。生活在这个大都市里，曾经有各种不同的生活和感情诱惑过她们，她们选择并且执着于这一种。

日常，这些女孩子们，走在路的转角地方，她们会嬉笑着共同吃点东西，在小摊上共同参谋着买一面小镜，或是共同看一本新书。

最动人的场面是大雨过后，她们从工厂出来，担心脚下的新白鞋。而在工厂的大门以外，家属们早提着雨鞋，抱着雨伞等候她们了。送鞋送伞的，多是年幼的弟妹，他们从家里赶来，光头赤脚。这些孩子们非常满意这个差事，很愿意给做工养家的姐姐服务，很愿意到姐姐做工的地方观光。

他们在工厂的门前，排成两行，让小雨淋着光头顶，却不肯把伞张开。工人下班出来，他们就不断探问："看见二姐吗？二姐下来了吗？"

一见姐姐出来，他们就跑过去完成任务。姐姐把雨伞张开，就回身招呼她的伙伴们，她们有的三个人围在一个雨伞下面，有的两个人披着一件雨衣，在大雨滂沱中说笑着回家去。

1950 年 7 月 26 日

宿　舍

　　宿舍是去年新盖的，它的名字叫"男独身"，住在这个宿舍的工人，每当打电话的时候就先说："我是男独身。"

　　新的，粉刷得非常洁白的工人宿舍，非常安静，听不到小卖的叫声，孩子们的吵闹。

　　工人从工厂回来需要安静的睡眠，他们洗过脸，吃了饭，就急忙走回宿舍里，上到床上去，两个人一张铁床，"楼上楼下"地睡。他们绝不吵闹别人。

　　他们独身生活，把节余的钱锁在小柜里，很少分心的事，除去上班就是睡觉。在上班以前，自然就醒了，从容地起床，蹲在绿草前边盥洗喝茶，这种从容，在那年老的工人身上表现得更真切。这种安静的酣畅的睡眠，只能和我们的部队，在作战之前或作战之后，躺在林荫山坡上的休息互相比拟，它是一种庄严的休息。

　　他们多半来自农村，在紧张的工作的余暇，他们拔去窗前门边的芜草，种植上高粱和玉黍，高粱和玉黍使他们想起家乡，关切农民的生活。

住在这里的青年人，像一个学校的同学，谁有一包好茶叶，也要请同志们一块来享受。他们尊敬那些年老的工人。

中午，一个年轻力壮的人就睡醒了，他从房间里轻轻走出来，到门口买了一个西瓜，招呼着一个青年朋友，他把瓜放在事务所的桌子上，抓起电话："你是女独身吗？王爱兰同志睡觉了吗？好好，没事没事！"就赶紧把耳机放下了。

青年的朋友在一旁嘲笑他："这像话吗！"

"人家正在休息，人家正在争红旗，不要打搅她。来，我们到小院里石榴树下面去吃瓜！"

这是青年工人恋爱的插曲。青年的女工们，现在才敢于爱恋这些青年的工人伙伴。

在独身的宿舍的门窗旁边，他们都悬挂了毛主席和朱总司令的肖像。

在每天上班的时候，他们精力饱满地拥挤在通向工厂的大路上，眺望着海河的晚景，和下班的同志们打着热情的招呼。

1950 年 7 月 26 日

挂甲寺渡口

中午的太阳蒸晒着海河,潮水上涨。有两只从冀中来的对艚大船,满载着棉花,直驰进挂甲寺渡口。

渡口紧靠中纺一厂、二厂。

只穿着一条短裤,全身吹晒得油黑的船夫们,披着一块大白布,哼着歌儿,沿着长长的跳板,把一个个沉重的棉包运到岸上。

棉花进入工厂,从清棉机开始,经过新奇的复杂的过程,变为农民喜爱的东西。在不久就要来到的秋天的爽风里,大船就又会靠在这里,把布匹运到农民的面前。在集市上,货郎的挑担上,农村的妇女们就会围绕着挑选、购买了。

河流,结合着农民的辛勤的劳动和工人辛勤的劳动。当我们艰苦地战斗在晋察冀山地的时候,当我们教导那里的妇女,把捻线的小石锤改变成一架木制的纺车的时候,我们就想到天津,想念着那时被国内外敌人统治的工人兄弟了。当我们站在北岳的峰顶,眺望着河水的东流,增加了我们多少胜利的热望啊!现在,工人同农民，胜利地结成一体。

现在，工厂车间的气温是一百零三度，工人们要紧张地工作十点钟。他们正在进行着竞赛，每个人计划：把本身的工作做好，还要团结互助。光荣和必胜的意志，通过各个车间。

他们只穿着背心和短裤，还不断地擦着汗。专心地观看着机器，迅速地擦净机器上的飞花，接上断了的线头。

下班以后，他们坐在海河两岸的短墙上，望着丛立在夜色里的船桅，望着反照在洞底的连绵不断的灯火。

女孩子们围坐在渡口上猜着谜语，讨论着学习。一个女孩子说："我们每天十点钟生产，不能和学生们比。可是我每天三小时的学习，要完成九点钟的课程！"

在挂甲寺渡口，我感到祖国经济文化建设的激动。

1950 年 8 月 1 日

慰　问

　　十五支会把会员们做成的五颜六色的慰问袋，点缀在一个红星形的架子上，陈列在工会的办公室里。全厂的工人从窗前门口一过，就叫这些鲜明的，代表着崇高心意的礼物吸引了。中午，有两个小女工，带着满头飞花和热汗，跑进办公室里来，她们是来占桌椅，补习算术的，围着这像一个盛开的花圃一样的慰问袋架子转着，说：

　　"哈！这是十五支会带头向我们挑战哩，等我们的慰问袋做成了，这屋里就放不下！"

　　她们摸摸这个，看看那个。评论着颜色和针线，朗诵着每个袋子上面刺绣的，按照一个工人理解的，祝福朝鲜人民争取民族解放、民主胜利的简短的热情的言辞。

　　袋子里有的装了一块肥皂，有的装了两条毛巾，有的装了铅笔和日记本。袋子的形状不同，大小不一，布线的颜色都是鲜明的热情的。

　　这些礼物，都出自我们纱厂的女工或家属之手，出自她们的心意和劳动。她们在夜班之前，在灯下赶绣着心里的话。她们知道：这轻微的礼物的实际的含义是重大的。它们要带着工人阶级的支援，到英勇斗争的朝鲜人民的面前。它们要通过祖国的边疆，到那色彩鲜明的兄弟国家的土地上去。

她们想到：朝鲜人民的战士，当他们在祖国的稻田和山麓奋勇驱逐美帝国主义的侵略军队的时候，会收到她们的礼物。

想到这里，她们感到她们针下的线和内心的热烈的祝望，就和朝鲜人民斗争的意志结合在一起了。

这对我们的工人来说，是一种觉悟，是从车间的团结，帮助落后，救济失业兄弟……伸展开来的伟大的工人阶级的觉悟。

在许多袋子中间，有一个最小，它是个心形，也只有一个心那么大。它是异常朴素的，只是用本厂标准的白布裁缝。有一条鲜艳的红绳系在口上，而且有一块坚实的物件装在里面。两个女孩子好奇地倒了出来：那是一枚小小的纪念章。这个纪念章是一个年岁很小的女孩子的，因为她在工作上的特殊的成绩，参加全市的工代大会，获得了这个纪念章。在纪念章的下面，用一条红色的绸子，规规矩矩写上了她的名字。

她把进一步争取生产上的胜利的心，寄给怀着必胜意志的朝鲜人民。

1950 年 8 月 21 日

保　育

　　我们工厂的保育室，面对着高大的标志着工人生产成绩的墙报牌。在窗前，保姆同志们开辟了一个小小的园圃，像篱笆一样，周围种植了扁豆。正是盛夏，雨水充足，扁豆花密集地开放了，新生的嫩绿的扁豆角，高高地顶着就要飘落的粉白色的花，像哺育婴儿的母亲们头顶的工作帽。到处飘扬的棉花的绒毛扑到窗子上，结成一层轻纱，不让一只蚊虫飞进来。

　　保姆同志们照看着睡在有栏杆的小床里的婴儿们，使窗前的花香流进来，使婴儿们能像听到催眠的歌声一样，听到他们母亲在织布机旁的劳动。

　　工厂的保育工作是一种光荣的职责，保姆同志们的工作，直接联系着广大工人的情绪和幸福。当母亲们从车间匆忙地走出来，用衣襟扇动着汗热的乳房，从远远的地方就尖起耳朵来，如果听不见一声婴儿的啼哭，她们的心就安定了。她们坐在保育室的长凳上，给孩子喂奶，抚摸着孩子的身体，如果既不发烧，又没有斑疹，她们就高兴起来了。她们用丰满的乳汁，喂饱婴儿，迅速地掩上怀回到车间里去。

母亲们对尽职的保姆同志们，是异常感激的，她们定下了联系合同，使得母亲们有充分的可能在车间争取到红旗，而保姆同志也往往因此而成为模范。

下工的时候，母亲们感谢着从保姆同志的手里，接过她们的孩子，安安稳稳放在小车里，推出工厂的大门，在半路上就有赶来的丈夫接过去了。工作疲劳的母亲，只要跟在丈夫和孩子的后面。

工作着，哺育着，推着小车，渐渐孩子长大了，进了职工子弟小学校。

我们有一所设备完善的小学校，通着工人的宿舍。在游戏场的后面还有一带园林，孩子们在黄昏的时候，可以看到芦苇的飘动，听到潺潺的溪流，一只黑色的螃蟹，吊在一棵野稻上。孩子们都来上学了，从幼小的时候，他们就熟悉了工厂全部的生活和工作，他们沿着母亲的光荣的道路上进，取得了充足的学识，在建设祖国的事业上，会更有成就。

1950 年 8 月 22 日

广 景

夜晚，在津浦路开来的列车上，就可以望见海河岸上辉煌相对的两座彩灯。彩灯系在高大的烟囱上，标志着一切荣耀和光芒，都属于积极创造性的劳动。

在军粮城新开垦的水田里，正在收割丰收新稻的人民解放军战士们，吃过晚饭，也望见了这彩灯。在晴朗的夜晚，彩灯的光彩，会越过一带柳林，一湾柔细的芦苇，一直影射到杨庄子、土城的农民辛勤种植的蔬菜上来。

下瓦房的小孩子们在马路上跳跃着，望着彩灯鼓掌。从乡下来贩卖新收下的枣子的农民们，露宿在小店的门前，城市的光辉，强烈地吸引着他们，坐在那里谈笑，睡不着觉。

他们辨别着方位，熟悉地理的人，确定河这边的彩灯属于中纺二厂，对面的属于一厂。认识字的人，指出模范工人和工程师的名字，这两个名字，会同着祖国的荣誉，传到国际。

中秋节以前的新月和繁星环绕着两座彩灯，在海河的上空，两厂职工的光辉交流。

工厂的门前，搭起鲜艳丰丽的牌坊。夜晚，拥挤着上下工的女孩子们，在牌坊的灯光下欢笑着，神采焕发。这是她们工厂的节日，家庭的节日。全厂工人，父母亲和儿女们，在一连串的日子里，心情激动着。彩灯、牌坊、锣鼓和红色的花朵朴素地反映在他们心里：共产党重视劳动，毛主席奖励人民的创造和勤奋的生产。

光辉从为新生的祖国的建设效力的人民身上放射出来。光辉也笼罩着开荒生产的战士，培养蔬菜、捕杀虫害的农民和一切在祖国的幅员上投射光辉的人们。

它改变人们传统的轻视劳动的观念，增加着劳动人民家庭的伦理的幸福。姊妹们相互勉励着，年老的父母教育着儿女：向模范学习！

最有名的美术摄影师，把镜头转到模范工人和她的小组身上来，把她们的肖像，美术放大，陈列在门前。

在天津，过去曾经煊赫过的浮华的事物，现在消敛了，新的景慕的对象，坚强荣耀地站立出来。

它的影响会使劳动人民更加虚心，更加自重，更加和群众密切结合。

1950 年 9 月 15 日

保　卫

　　祖国在城市和农村，进行着庄严美丽的生产。在棉纺织厂，为了充分供应农村的勤于织纺的姐妹们，工人们每天加班工作，增加二十支纱的产量。当工厂灯火辉煌的时候，上班和下班的男女工人，简直和赶庙会一样。

　　上夜班的女孩子们，总是坐着从北站一直通往小刘庄的公共汽车，提前到厂。在厂门口的小摊上，买一只大苹果装在红毛线衣的口袋里，跳进工厂的大门去。她们帮助工作了一天的姐妹整理着剩活，帮她们找出回家的衣服，走前转后，替她们扫去头发和身上的棉花。和下班的人们欢笑着告别，她们系上工作服，轻快地站到机器旁边去。

　　夜间，她们的工作是充满庄严的感情的。两年以来，她们知道是在为什么工作了。在进厂的路上，她们看见了职工子弟小学放学回家的队伍，听到了孩子们歌唱的我们的国歌——《义勇军进行曲》的强烈悲壮的声音。在宽大的初冬的海河旁边，感到了伟大的祖国对她们的热情的召唤。

在海河里，密密的高桅上挑起了红旗和红灯。来自内河的帆船，在黑夜里还在沉重地航行。它把大量的食盐、碱面、肥田粉和纱布运到今年丰收以后的农村去。

船夫们用全身的力量在船帮上一步一步推着蒿，船娘弯着身子在后舱收拾着船家的晚餐，她把一个大些的孩子用绳子系在船柱上，又在一个婴儿的脊背上系上一个大葫芦，免得他们掉到河里去。

一切的劳动人民，都在新生的祖国的生产建设上，献出了一分力量，在保卫祖国的疆土上，他们是要献出更大的力量的。

走进工厂的大门，她们又听见了广播的声音，看到了那处处张贴悬挂的抗美援朝、卫国保家的图画和标语。她们脱去外衣，激动地走进了热气蒸腾的车间。

年轻的祖国依靠我们。我们珍贵艰难缔造的工厂车间的庄严美丽的生产秩序，这秩序是由战斗换来，我们还要用战斗保卫它。

在车间里，充满了这种可贵的感觉，雪团一样的纱锭飞转着，女孩子们站在它的身旁，用眼睛注视，用耳朵谛听，她们能看到和听到。因为她们的努力，祖国的力量在不断地增长，她们的努力在不断地伸展，伸展到祖国的边疆和正在扭转战局的朝鲜人民战士那里去。

1950 年 11 月 8 日

平原的觉醒

一九三七年冬季，冀中平原是动荡不安的。秋季，滹沱河发
了一场洪水，接着，就传来日本人已攻到保定的消息。每天，有
很多逃难的人，扶老携幼，从北面涉水而来，和站在堤上的人
们，简单交谈几句，就又慌慌张张往南走了。

"就要亡国了吗?"农民们站在堤上，望着茫茫大水，唉声叹
气地说。

国民党的军队放下河南岸的防御工事，往南逃，县政府也雇
了许多辆大车往南逃。有一天，郎仁渡口，有一个国民党官员过
河，在船上打着一柄洋伞，敌机当成军事目标，滥加轰炸扫射。
敌机走后，人们拾到很多像蔓菁粗的子弹头和更粗一些的空弹
壳。日本人真的把战争强加在我们的头上来了。

我原来在外地的小学校教书，"七七"事变，我就没有去。
这一年的冬季，我穿着灰色棉袍，经常往返于我的村庄和安平县
城之间。由吕正操同志领导的人民自卫军司令部，就驻在县城
里，我有几个过去的同事，在政治部工作。抗日人人有份，当时

我虽然还没有穿上军衣，他们也分配我一些抗日宣传方面的工作。

我记得第一次是在家里编写了一本名叫《民族革命战争与戏剧》的小册子，政治部作为一个文件油印发行了。经过这些年的大动荡，居然保存下来一个复制本子。内容为：前奏。上篇：一、民族解放战争与艺术武器。二、戏剧的特殊性。三、中国劳动民众接近的戏剧。四、我们的口号。下篇：一、怎样组织剧团。二、怎样产生剧本。三、怎样演出。

接着，我还编了一本中外革命诗人的诗集，名叫《海燕之歌》，在县城铅印出版。厚厚的一本，紫红色的封面。因为印刷技术，留下一个螺丝钉头的花纹，意外地给阎素同志的封面设计，增加了一种有力的质感。

阎素同志是宣传部的干事，他从一个县城内的印字店找到一架小型简单的铅印机，还有一些零零散散大大小小的铅字。又找来几个从事过印刷行业的工人，就先印了这本，其实并非当务之急的书。经过"五一"大"扫荡"，我再没有发现过这本书。

与此同时，路一同志主编了《红星》杂志，在第一期上，发表了我的一篇论文，题为《现实主义文学论》。这谈不上是我的著作，可以说是我那些年，学习社会科学和革命文学理论的读书笔记。其中引文太多了，王林同志当时看了，客气地讽刺说："你怎么把我读过的一些重要文章，都摘进去了。"好大喜功、不拘小节的路一同志，却对这洋洋万言的"论文"，在他主编的刊物上出现，非常满意，一再向朋友们推荐，并说："我们冀中真有人才呀!"

这篇论文，现在也不容易找到了。抗战刚刚胜利时，我在一家房东的窗台上翻了一次。虽然没有什么个人的独特见解，但行文叙事之间，有一股现在想来是难得再有的热情和泼辣之力。

《红星》是一种政治性刊物，这篇文章提出"现实主义"，有幸与"抗日民族统一战线""抗日游击战争"等等当前革命口号，同时提示到广大的抗日军民面前。

不久，我在区党委的机关报《冀中导报》，上发表了《鲁迅论》，占了小报整整一版的篇幅。

青年时写文章，好立大题目，摆大架子，气宇轩昂，自有他好的一方面，但也有名不副实的一方面。后来逐渐知道扎实、委婉，但热力也有所消失。

一九三八年的春天，我算正式参加了抗日工作。那时冀中区成立一个统一战线的组织，叫人民武装自卫会。吕正操同志主持了成立大会，由史立德任主任，我当了宣传部长。会后，我和几个同志到北线蠡县、高阳、河间去组织分会，和新被提拔的在那些县里担任县政指导员的同志们打交道。这个会，我记得不久就为抗联所代替，七八月间，我就到设在深县的抗战学院去教书了。

这个学院由杨秀峰同志当院长，分民运、军事两院，共办了两期。第一期，我在民运院教抗战文艺。第二期，在军事院教中国近代革命史。

民运院差不多网罗了冀中平原上大大小小的知识分子，从高小生到大学教授。它设在深县中学里，以军事训练为主，教员都称为"教官"。在操场，搭了一个大席棚，可容五百人。横排一条条杉木，就是学生的座位。中间竖立一面小黑板，我就站在那里讲课。这样大的场面，我要大声喊叫，而一堂课是三个小时。

我没有讲义，每次上课前，写一个简单的提纲。每周讲两次。三个月的时间，我主要讲了：抗战文艺的理论与实际，文学概论和文艺思潮；革命文艺作品介绍，着重讲了现实主义的创作方法。

不管我怎样想把文艺和抗战联系起来，这些文艺理论上的东西，无论如何，还是和操场上的实弹射击，冲锋刺杀，投手榴弹，很不相称。

和我同住一屋的王晓楼，讲授哲学，他也感到这个问题。我们共同教了三个月的书以后，学员们给他的代号是"矛盾"，而赋予我的是"典型"，因为我们口头上经常挂着这两个名词。

杨院长叫我给学院写一个校歌歌词，我应命了，由一位音乐教官谱曲。现在是连歌词也忘记了，经过时间的考验，词和曲都没有生命力。

去文习武，成绩也不佳。深县驻军首长，赠给王晓楼一匹又矮又小的青马，他没有马夫，每天自己喂饮它。

有一天，他约我去秋郊试马。在学院附近的庄稼大道上，他先跑了一趟。然后，他牵马坠镫，叫我上去。马固然跑得不是样子，我这个骑士，也实在不行，总是坐不稳，惹得围观的男女学生拍手大笑，高呼"典型"。

在八年抗日战争和以后的解放战争期间，因为职务和级别，我始终也没有机会得到一匹马。我也不羡慕骑马的人，在不能称为千山万水，也有千水百山的征途上，我练出了两条腿走路的功夫，多么黑的天，多么崎岖的路，我也很少跌跤。

晓楼已经作古，我是很怀念他的，他是深泽人。阴历腊月，敌人从四面蚕食冀中，不久就占领了深县城。学院分散，我带领了一个剧团，到乡下演出，就叫流动剧团。我们现编现演，常常挂上幕布，就发现敌情，把幕拆下，又到别村去演。演员穿着服装，带着化装转移，是常有的事。这个剧团，活动时间虽不长，但它的基本演员，建国后，很多人成为名演员。

一九三九年春天，我就调到阜平山地去了。这个学院的学员，从那时起，转战南北，在部队，在地方，都建树了不朽的功勋。

一九三七年冬季，冀中平原是大风起兮，人民是揭竿而起。农民的爱国家、爱民族的观念，是非常强烈的。在敌人铁蹄压境的时候，他们迫切要求执干戈以卫社稷。他们苦于没有领导，他们终于找到共产党的领导。

1978 年 10 月 6 日

在阜平

——《白洋淀纪事》重印散记

　　中国青年出版社要重印《白洋淀纪事》。这本书是由过去几本小书合成的，而小书根据的原件，又多是战争年月的油印、石印或抄写本，不清晰，错字多。合印时，我在病中，未能亲自校对，上次重印，虽说"自校一过"，也只是着重校了书的上半部。

　　这本集子最初是由一位老战友协同出版社编辑的，采用了倒编年的办法，即把后写的排在前，而先写的列在后；这当然有他们的不可非议的想法，是一种好意。

　　这次重校，是从书的最后一篇，倒溯上去。实际上就是顺着写作年月看下去，好像又从原来的出发点开始，把过去走过的路，重新旅行了一次。不只对路上的一山一水，一石一树，都感到亲切，在行走中间，也时时有所感触。

　　一九三九年春天，我从冀中平原调到阜平一带山地，分配在晋察冀通讯社工作，这是新成立的一个机关，其中的干部，多半是刚刚从抗大毕业的学生。

通讯社在城南庄，这是阜平县的大镇。周围除去山，就是河滩沙石，我们住在一家店铺的大宅院里。我的日常工作是做"通讯指导"，每天给各地新发展的通讯员写信，最多可写到七八十封，现在已经记不起写的是什么内容。此外，我编写了一本供通讯员学习的材料，堂皇的题目叫作：《论通讯员及通讯写作诸问题》，可能是东抄西凑吧。不久铅印出版，是当时晋察冀少有的铅印书之一，可惜现在找不到了。

在这一期间，我认识了当代一些英才彦俊，抗日风暴中的众多歌手。伟大的抗日战争，把祖国各地各个角落的有志有为的青年，召唤到民族革命战争的前线。每天有成千上万的青年奔向前方，他们是国家一代的精华，蕴藏多年的火种，他们为抗日献出了青春的才力，无数人献出了生命。

这个通讯社成立时有十几个人，不到几年，就牺牲了包括陈辉、仓夷、叶烨在内的，好几位才华洋溢的青年诗人。在暴风雨中，他们的歌声，他们跃进的步伐，永不磨灭地存在一个时代和我个人的记忆之中。

机关不久就转移到平阳附近的三将台。这是一个建筑在高山坡上，面临一条河滩的，只有十几户人家的小村子。到这个村子不久，我被派到雁北地区做了一次随军采访，回来就过春节了。这还是我第一次离开家乡过春节，东望硝烟弥漫的冀中平原，心情十分沉重。

大年三十晚上，我的房东，端了一个黑粗瓷饭碗，拿了一双荆树条做的筷子，到我住的屋里，恭恭敬敬地放在炕沿上，说：

"尝尝吧。"

那碗里是一方白豆腐，上面是一撮烂酸菜，再上面是一个窝窝头，还在冒热气。我以极其感动的心情，接受了他的馈送。

房东是一个五十来岁的单身汉，他那干黑的脸，迟滞的眼神，带些愁苦的笑容以及暴露粗筋的大手，这在冀中我是见惯了的，一些穷苦的中年人，大都如此。这里的生活，比起冀中来就更苦，他们成年累月地吃糠咽菜，每家院子里放着几只高与人齐的大缸，里面泡满了几乎所有可以摘到手的树叶。在我们家乡，荒年时只吃榆树、柳树的嫩叶，他们这里是连杏树、杨树甚至蓖麻的大叶子，都拿回来泡在缸里。上面压上几块大石头，风吹日晒雨淋，夏天，蛆虫顺着缸沿到处爬。吃的时候，切成碎块，拿到河里去淘洗，回来放上一点盐。

今天的酸菜是白萝卜的缨子，这是只有过年过节才肯吃的。

我们在这村里，编辑一种油印的刊物《文艺通讯》。一位梁同志管刻写。印刷、折叠、装订、发行，我们俩共同做。他是一个中年人，曲阳口音，好像是从区里调来的。那时，虽说是五湖四海，却很少互问郡望。他很少说话，没事就拿起烟斗，坐在炕上抽烟。他的铺盖很整齐，离家近的缘故吧，除去被子，还有褥子枕头之类。后来，他要调到别处去，为了纪念我们这一段共事，他把一块铺在身下的油布送给了我，这对我当然是很需要的，因为我只有一条被，一直睡在没有席子的炕上。但也享受了不久，一次行军，中午躺在路边大石头上休息，把油布铺在下面，一觉醒来，爬起来就赶路，把油布丢了。

晚上，我还帮助一位姓李的女同志办识字班。她是一位热情、美丽、善良的青年，经过她的努力，把新的革命的文化，带给了这个偏僻落后的小村庄，并且因为我们的机关住在这里，它不久就成为边区文化的一个中心。

阜平一带，号称穷山恶水。在这片炮火连天的大地上，随时可以看到：一家农民，住在高高的向阳山坡上，他把房前房后，房左房右，高高低低的，大大小小的，凡是有泥土的地方，都因地制宜，栽上庄稼。到秋天，各处有各处的收获。于是，在他的房顶上面，屋檐下面，门框和窗棂上，挂满了红的、黄的粮穗和瓜果。当时，党领导我们在这片土地上工作的情形，就是如此。

山下的河滩不广，周围的芦苇不高。泉水不深，但很清澈，冬夏不竭，鱼儿们欢畅地游着，追逐着。山顶上，秃光光的，树枯草白，但也有秋虫繁响，很多石鸡、鹧鸪飞动着，孕育着，自得其乐地唱和着，山兔麂獐，忽然出现又忽然消失。

当时，我们在这里工作，天地虽小，但团结一致，情绪高涨；生活虽说艰苦，但工作效率很高。

我非常怀念经历过的那一个时代，生活过的那些村庄，作为伙伴的那些战士和人民。我非常怀念那时走过的路，踏过的石块，越过的小溪。记得那些风雪、泥泞、饥寒、惊扰和胜利的欢乐，同志们兄弟一般的感情。

在这一地区，随着征战的路，开始了我的文学的路。我写了一些短小的文章，发表在那时在艰难条件下出版的报纸期刊上。它们都是时代的仓促的记录，有些近于原始材料。有所闻见，有所感触，立刻就表现出来，是璞不是玉。生活就像那时走在崎岖的山路上，随手可以拾到的碎小石块，随便向哪里一碰，都可以迸射出火花来。

"四人帮"当路的年代，我的书的遭遇如同我的本身。有人也曾劝我把《白洋淀纪事》改一改，我几乎没加思考地拒绝了。如果按照"四人帮"的立场、观点、方法，还有他们那一套语言，去篡改抗日战争，那不只有背于历史，也有昧于天良。我宁可沉默。

真正的历史，是血写的书，抗日战争也是如此。真诚的回忆，将是明月的照临，清风的吹拂，它不容有迷雾和尘沙的干扰。面对祖国的伟大河山，循迹我们漫长的征途：我们无愧于党的原则和党的教导吗？无愧于这一带的土地和人民对我们的支援吗？无愧于同志、朋友和伙伴们在战斗中形成的情谊吗？

1977 年 9 月 18 日

装书小记

——关于《子夜》的回忆

最近，《人民文学》编辑部，赠送我一本新版的《子夜》，我就利用原来的纸封，给它包上新的书皮。这是童年读书时期养成的一种爱护书籍的习惯，一直没有改，遇到心爱的书，总得先把它保护好，然后才看着舒适放心。

前几年，当我的书籍发还以后，我发见其中现代和当代文艺作品，《辞源》和各种大辞典全部不见了，这是可以理解的。而有关书目的书，也全部丢失，这就使我颇为奇怪。难道在执事诸公中间，竟有人发思古之幽情，对这门冷僻的学科，忽然发生了学习的兴趣，想借此机会加以研究和探讨吗？据一位当事人员对我说：你是书籍的大户，所以还能保留下这么多。那些零星小户，想找回一本也困难了。

对这些残存的书，我差不多无例外地给它们包裹了新装，也是利用一些旧封套，这种工作，几乎持续了两年之久。因为书籍在外播迁日久，不只蒙受了风尘，而且因为搬来运去，大部分也损伤了肌体。把它们修整修整，换件新衣，也是纪念它们经历一番风雨之后，面貌一新的意思。

每逢我坐在桌子前面，包裹书籍的时候，我的心情是非常平静，很是愉快的。一个女同志曾说，看见我专心致志地修补破书的样子，就和她织毛活、补旧衣一样，确实是很好的休息脑子的工作。

是这样。我对书有一种强烈的，长期积累的，职业性的爱好。一接触书，我把一切都会忘记，把它弄得整整齐齐，干干净净，我觉得是至上的愉快。现在，面对的是久别重逢的旧友，虽然也有石兄久违之叹，苦无绛芸警辟之辞，只是包书皮而已。

至于《子夜》，我原来有一本初版本。这是在三十年代初很不容易才得到的。《子夜》的出版，是中国革命文坛上的一件大事。鲁迅先生很为这一重大收获高兴，在他的书信集中，我们可以看到，他当时写信给远在苏联的朋友说：我们有《子夜》，他们写不出。我们，是指左联；他们，是指国民党御用文人。

当时，我正在念高中，多么想得到这本书。先在图书馆借来看了，然后把读书心得写成一篇文章，投稿给开明书店办的《中学生》杂志。文章被采用了，登在年终增刊上，给了我二元钱的书券，正好，我就用这钱，向开明书店买了一本《子夜》。书是花布面黄色道林纸精装本，可以想象我是多么珍惜它。

越是珍惜的东西，越是容易失去。我的书，在抗日战争期间，全部损失。敌人对游击区的政策是"三光"，何况是书！这且不去谈它。有些书，却是家人因为怕它招灾惹祸——可以死人，拿它来烧火做饭了。

胜利以后，我曾问过我的妻子：你拿我的书烧火，就不心疼吗？

她说：怎么不心疼？一是你心爱的东西；二是省吃俭用拿钱买来的。我把它们堆在灶火膛前，挑挑拣拣舍不得烧。但一想到上次被日本人发现的危险情景，就合眉闭眼把它扔进火里去了。有些书是布皮，我就撕下来，零碎用了。

我从她的谈话中，明白了《子夜》可能遭到的下场。

人类发明了文字，有了书籍以来，无论是策、札、纸、帛，抄写或印刷，书籍在赋予人类以知识与智慧的同时，它自己也不断遭遇着兴亡、成败、荣辱、聚散、存在或消失的两种极其相反的命运。但好的，对人类有用的书，是不会消灭的，总会流传下来，这是书籍的一种特殊天赋。

我初读《子夜》的时候，保定这个北方的古老城市，好像时时刻刻都在预报着时代的暴风雨。圣洁的祖国土地，已经遭受了日本帝国主义的两次凌暴，即"九一八"事变和"一·二八"事变。革命的书籍——新兴社会科学和十月革命以后的文学，在大大小小的书店里，无所顾忌地陈列着，有的就摆在街头地下出卖，非常齐全，价格便宜。在这一时期，我生吞活剥地读了几种马列主义的经典著作，初步得到了一些辩证法和唯物主义的知识。

二十年代和三十年代的交接期，是革命思想大传播的时代，茅盾同志创作《子夜》，也是在这种潮流下，想用社会分析的方法，反映中国社会的经济结构、阶级关系和阶级斗争，并力图以这部小说来推动这个伟大的潮流。我从这个想法出发，写了那篇读后感，文章很短。

在那一时期，假的马克思主义，即挂羊头卖狗肉的书籍也不少，青年人一时难以辨认，常常受骗上当。有些杂志，不只名字引人，封面都是深红色的，显得非常革命，里面马列主义的引文也不少，但实际上是反马列主义的，这是后来经鲁迅先生指出，我才得明白的。

但青年学生也究竟从马列主义的原著，从一些真正革命的作家那里，初步获得了正确的革命观点，运用到他们的创作和行动之中。

1978 年春天

吃粥有感

我好喝棒子面粥，几乎长年不断，晚上多煮一些，第二天早晨，还可以吃一顿。秋后，如果再加些菜叶、红薯、胡萝卜什么的，就更好吃了。冬天坐在暖炕上，两手捧碗，缩脖而啜之，确实像郑板桥说的，是人生一大享受。

有人向我介绍，胡萝卜营养价值很高，它所含的维生素，较之名贵的人参，只差一种，而它却比人参多一种胡萝卜素。我想，如果不是人们一向把它当成菜蔬食用，而是炮制成为药物，加以装潢，其功效一定可以与人参旗鼓相当。

是一九四二年的冬天吧，日寇又对晋察冀边区进行"扫荡"，我们照例是化整为零，和敌人周旋。我记得我和诗人曼晴是一个小组，一同活动。曼晴的诗朴素自然，我曾写短文介绍过了。他的为人，和他那诗一样，另外多一种对人诚实的热情。那时以热情著称的青年诗人很有几个，陈布洛是最突出的一个，很久见不到他的名字了。

我和曼晴都在边区文协工作，出来打游击，每人只发两枚手榴弹。我们的武器就是笔，和手榴弹一同挂在腰上的还有一瓶蓝墨水。我们都负有给报社写战斗通讯的任务。我们也算老游击战士了，两个人合计了一下，先转到敌人的外围去吧。

天气已经很冷了。山路冻冰，很滑。树上压着厚霜，屋檐上挂着冰柱，山泉小溪都冻结了。好在我们已经发了棉衣，穿在身上了。

一路上，老乡也都转移了。第一夜，我们两人宿在一处背静山坳拦羊的圈里，背靠着破木栅板，并身坐在羊粪上，只能避避夜来寒风，实在睡不着觉的。后来，曼晴就用《羊圈》这个题目，写了一首诗。我知道，就当寒风刺骨、几乎是露宿的情况下，曼晴也没有停止他的诗的构思。

第二天晚上，我们游击到了一个高山坡上的小村庄，村里也没人，门子都开着。我们摸到一家炕上，虽说没有饭吃，却好好睡了一夜。

清早，我刚刚脱下用破军装改制成的裤衩，想捉捉里面的群虱，敌人的飞机就来了。小村庄下面是一条大山沟，河滩里横倒竖卧都是大顽石，我们跑下山，隐蔽在大石下面。飞机沿着山沟上空，来回轰炸。欺侮我们没有高射武器，它飞得那样低，好像擦着小村庄的屋顶和树木。事后传说，敌人从飞机的窗口，抓走了坐在炕上的一个小女孩。我把这一情节，写进一篇题为《冬天，战斗的外围》的通讯，编辑刻舟求剑，给我改得啼笑皆非。

飞机走了以后，太阳已经很高。我在河滩上捉完裤衩里的虱子，肚子已经咕咕地叫了。

　　两个人勉强爬上山坡，发现了一小片胡萝卜地。因为战事，还没有收获。地已经冻了，我和曼晴用木棍掘取了几个胡萝卜，用手擦擦泥土，蹲在山坡上，大嚼起来。事隔四十年，香美甜脆，还好像遗留在唇齿之间。

　　今晚喝着胡萝卜棒子面粥，忽然想到此事。即兴写出，想寄给自从一九六六年以来，就没有见过面的曼晴。听说他这些年是很吃了一些苦头的。

1978 年 12 月 20 日夜

服装的故事

我远不是什么纨绔子弟，但靠着勤劳的母亲纺线织布，粗布棉衣，到时总有的。深感到布匹的艰难，是在抗战时参加革命以后。

一九三九年春天，我从冀中平原到阜平一带山区，那里因为不能种植棉花，布匹很缺。过了夏季，渐渐秋凉，我们什么装备也还没有。我从冀中背来一件夹袍，同来的一位同志多才多艺，他从老乡那里借来一把剪刀，把它裁开，缝成两条夹褥，铺在没有席子的土炕上。这使我第一次感到布匹的难得和可贵。

那时我在新成立的晋察冀通讯社工作。冬季，我被派往雁北地区采访。雁北地区，就是雁门关以北的地区，是冰天雪地，大雁也不往那儿飞的地方。我穿的是一身粗布棉袄裤，我身材高，脚腕和手腕，都有很大部位暴露在外面。每天清早在大山脚下集合，寒风凛冽。有一天在部队出发时，一同采访的一位同志把他从冀中带来的一件日本军队的黄呢大衣，在风地里脱下来，给我穿在身上。我第一次感到了战斗伙伴的关怀和温暖。

一九四一年冬天，我回到冀中，有同志送给我一件狗皮大衣筒子。军队夜间转移，远近狗叫，就会暴露自己。冀中区的群众，几天之内，就把所有的狗都打死了。我把皮子拿回家去，我的爱人，用她织染的黑粗布，给我做了一件短皮袄。因为狗皮太厚，做起来很吃力，有几次把她的手扎伤。我回路西的时候，就珍重地带它过了铁路。

一九四三年冬季，敌人在晋察冀边区"扫荡"了整整三个月。第二年开春，我刚刚从山西的繁峙一带回到阜平，就奉命整装待发去延安。当时，要领单衣，把棉衣换下。因为我去晚了，所有的男衣，已发完，只剩下带大襟的女衣，没有办法，领下来。这种单衣的颜色，是用土靛染的，非常鲜艳，在山地名叫"月白"。因是女衣，在宿舍换衣服时，我犹豫了，这穿在身上像话吗？

忽然有两个女学生进来——我那时在华北联大高中班教书。她们带着剪刀针线，立即把这件女衣的大襟撕下，缝成一个翻领，然后把对襟部位缝好，变成了一件非常时髦的大翻领钻头衬衫。她们看着我穿在身上，然后拍手笑笑走了，也不知道是赞美她们的手艺，还是嘲笑我的形象。

然后，我们就在枣树林里站队出发。

这一队人马，走在去往革命圣地延安的漫长而崎岖的路上，朝霞晚霞映在我们鲜艳的服装上。如果叫现在城市的人看到，一定要认为是奇装异服了。或者只看我的描写，以为我在有意歪曲、丑化八路军的形象。但那时山地群众并不以为怪，因为他们在村里村外常常看到穿这种便衣的工作人员。

路经盂县，正在那里下乡工作的一位同志，在一个要道口上迎接我，给我送行。初春，山地的清晨，草木之上，还有霜雪。显然他已经在那里等了很久，浓黑的鬓发上，也挂有一些白霜。他在我们行进的队伍旁边，和我握手告别，说了很简短的话。

应该补充，在我携带的行李中间，还有他的一件日本军用皮大衣，是他过去随军工作时，获得的战利品。在当时，这是很难得的东西，大衣做得坚实讲究：皮领，雨布面，上身是丝绵，下身是羊皮，袖子是长毛绒。羊皮之上，还带着敌人的血迹。原来坚壁在房东家里，这次出发前，我考虑到延安天气冷，去找我那件皮衣，找不到，就把他的拿起来。

初夏，我们到绥德，休整了五天。我到山沟里洗了个澡。这是条向阳的山沟，小河的流水很温暖，水冲激着沙石，发出清越的声音。我躺在河中间一块平滑的大石板上，温柔的水，从我的头部胸部腿部流过去，细小的沙石常常冲到我的口中。我把女同学们给我做的衬衣，洗好晾在石头上，干了再穿。

我们队长到晋绥军区去联络，回来对我说：吕正操司令员要我到他那里去。一天上午，我就穿着这样一身服装，到了他那庄严的司令部。那件艰难携带了几千里路的大衣，到延安不久，就因为一次山洪暴发，同我所有的衣物，卷到延河里去了。

这次水灾以后，领导上给我发了新的装备，包括一套羊毛棉衣。这种棉衣当然不错，不过有个缺点，穿几天，里面的羊毛就往下坠，上半身成了夹的，下半身则非常臃肿。和我一同到延安

去的一位同志，要随王震将军南下，他们发的是絮棉花的棉衣，
他告诉我路过桥儿沟的时间，叫我披着我那件羊毛棉衣，在街口
等他，当他在那里走过的时候，我们俩"走马换衣"，他把那件
难得的真正棉衣换给了我。因为既是南下，越走天气越暖和的。

这年冬季，女同学们又把我的一条棉裤里的棉花取出来，把
我的棉裤里的羊毛换进去，于是我又有了一条名副其实的棉裤。
她们又给我打了一双羊毛线袜和一条很窄小的围巾，使我温暖愉
快地过了这一个冬天。

这时，一位同志新从敌后到了延安，他身上穿的竟是我那件
狗皮袄，说是另一位同志先穿了一阵，然后转送给他的。

一九四五年八月，日本投降，我们又从延安出发，我被派作
前站，给女同志赶了很长一段时间的毛驴。那些婴儿们，装在
两个荆条筐里，挂在母亲们的两边。小毛驴一走一颠，母亲们的
身体一摇一摆，孩子们像燕雏一样，从筐里探出头来，呼喊着，
玩闹着，和母亲们爱抚的声音混在一起，震荡着漫长的欢乐的
旅途。

冬季我们到了张家口，晋察冀的老同志们开会欢迎我们，穿
戴都很整齐。一位同志看我还是只有一身粗布棉袄裤，就给我
一些钱，叫我到小市去添补一些衣物。后来我回冀中，到了宣化，
又从一位同志的床上，扯走一件日本军官的黄呢斗篷，走了整整
十四天，到了老家，披着这件奇形怪状的衣服，与久别的家人见
了面。这仅仅是记得起来的一些，至于战争年代里房东老大娘、
大嫂、姐妹们为我做鞋做袜，缝缝补补，那就更是一时说不

完了。

　　我们在和日本帝国主义、蒋帮作战的时候，穿的就是这样。但比起上一代的老红军战士，我们的物质条件就算好得多了。

　　穿着这些单薄的衣服，我们奋勇向前。现在，那些刺骨的寒风，不再吹在我的身上，但仍然吹过我的心头。其中有雁门关外挟着冰雪的风，在冀中平原卷着黄沙的风，有延河两岸虽是严冬也有些温暖的风。我们穿着这些单薄的衣服，在冰冻石滑的山路上攀登，在深雪中滚爬，在激流中强渡。有时夜雾四塞，晨霜压身，但我们方向明确，太阳一出，歌声又起。

1977 年 11 月 26 日改完

童年漫忆

听说书

我的故乡的原始住户，据说是山西的移民，我幼小的时候，曾在去过山西的人家，见过那个移民旧址的照片，上面有一株老槐树，这就是我们祖先最早的住处。

我的家乡离山西省是很远的，但在我们那一条街上，就有好几户人家，以长年去山西做小生意，维持一家人的生活，而且一直传下好几辈。他们多是挑货郎担，春节也不回家，因为那正是生意兴隆的季节。他们回到家来，我记得常常是在夏秋忙季。他们到家以后，就到地里干活，总是叫他们的女人，挨户送一些小玩意或是蚕豆给孩子们，所以我的印象很深。

其中有一个人，我叫他德胜大伯，那时他有四十岁上下。每年回来，如果是夏秋之间农活稍闲的时候，我们一条街上的人，吃过晚饭，坐在碾盘旁边去乘凉。一家大梢门两旁，有两个柳木门墩，德胜大伯常常被人们推请坐在一个门墩上面，给人们讲说评书，另一个门墩上，照例是坐一位年纪大辈数高的人，和他对称。我记得他在这里讲过《七侠五义》等故事，他讲得真好，就像一个专业艺人一样。

他并不识字，这我是记得很清楚的。他常年在外，他家的大娘，因为身材高，我们都叫她"大个儿大妈"。她每天挎着一个大柳条篮子，敲着小铜锣卖烧饼馃子。德胜大伯回来，有时帮她记记账，他把高粱的茎秆，截成笔帽那么长，用绳穿结起来，横挂在炕头的墙壁上，这就叫"账码"，谁赊多少谁还多少，他就站在炕上，用手推拨那些茎秆儿，很有些结绳而治的味道。

他对评书记得很清楚，讲得也很熟练，我想他也不是花钱到娱乐场所听来的。他在山西做生意，长年住在小旅店里，同住的人，干什么的也有，夜晚没事，也许就请会说评书的人，免费说两段，为长年旅行在外的人们消愁解闷，日子长了，他就记住了全部。

他可能也说过一些山西人的风俗习惯，因为我年岁小，对这些没兴趣，都忘记了。

德胜大伯在做小买卖途中，遇到瘟疫，死在外地的荒村小店里。他留下一个独生子叫铁锤。前几年，我回家乡，见到铁锤，一家人住在高爽的新房里，屋里陈设，在全村也是最讲究的。他心灵手巧，能做木工，并且能在玻璃片上画花鸟和山水，大受远近要结婚的青年农民的欢迎。他在公社担任会计，算法精通。

德胜大伯说的是评书，也叫平话，就是只凭演说，不加伴奏。在乡村，麦秋过后，还常有职业性的说书人，来到街头。其实，他们也多半是业余的，或是半职业性的。他们说唱完了以后，有的由经管人给他们敛些新打下的粮食；有的是自己兼做小买卖，比如卖针，在他说唱中间，由一个管事人，在妇女群中，给他卖完那一部分针就是了。这一种人，多是说快书，即不用弦子，只用鼓板。骑着一辆自行车，车后座做鼓架。他们不说整本，只说小段。卖完针，就又到别的村庄去了。

一年秋后，村里来了弟兄三个人，推着一车羊毛，说是会说书，兼有擀毡条的手艺。第一天晚上，就在街头说了起来，老大弹弦，老二说《呼家将》，真正的西河大鼓，韵调很好。村里一些老年的书迷，大为赞赏。第二天就去给他们张罗生意，挨家挨户去动员：擀毡条。

他们在村里住了三四个月，每天夜晚说《呼家将》。冬天天冷，就把书场移到一家茶馆的大房子里。有时老二回老家运羊毛，就由老三代说，但人们对他的评价不高，另外，他也不会说《呼家将》。

眼看就要过年了，呼延庆的擂还没打成。每天晚上预告，明天就可以打擂了，第二天晚上，书中又出了岔子，还是打不成。人们盼呀，盼呀，大人孩子都在盼。村里娶儿聘妇要擀毡条的主，也差不多都擀了，几个老书迷，还在四处动员："擀一条吧，冬天铺在炕上多暖和呀！再说，你不擀毡条，呼延庆也打不了擂呀！"

直到腊月二十老几，弟兄三个看着这村里实在也没有生意可做了，才结束了《呼家将》。他们这部长篇，如果整理出版，我想一定也有两块大砖头那么厚吧。

第一个借给我《红楼梦》的人

我第一次读《红楼梦》，是十岁左右还在村里上小学的时候。我先在西头刘家，借到一部《封神演义》，读完了，又到东头刘家借了这部书。东西头刘家都是以屠宰为业，是一姓一家。刘姓在我们村里是仅次于我们姓的大户，其实也不过七八家，因为这是一个很小的村庄。

从我能记忆起，我们村里有书的人家，几乎没有。刘家能有一些书，是因为他们所经营的近似一种商业。农民读书的很少，更不愿花钱去买这些"闲书"。那时，我只能在庙会上看到书，书摊小贩支架上几块木板，摆上一些石印的，花纸或花布套的，字体非常细小，纸张非常粗黑的《三字经》《玉匣记》，唱本、小说。这些书可以说是最普及的廉价本子，但要买一部小说，恐怕也要花费一两天的食用之需。因此，我的家境虽然富裕一些，也不能随便购买。我那时上学念的课本，有的还是母亲求人抄写的。

东头刘家有兄弟四人，三个在少年时期就被生活所迫，下了关东。其中老二一直没有回过家，生死存亡不知。老三回过一次家，还是不能生活，只在家过了一个年，就又走了，听说他在关东，从事的是一种非常危险的勾当。

家里只留下老大，他娶了一房童养媳妇，算是成了家。他的女人，个儿不高，但长得颇为端正俊俏，又喜欢说笑，人缘很好，家里长年设着一个小牌局，抽些油头，补助家用。男的还是从事屠宰，但已经买不起大牲口，只能剥个山羊什么的。

老四在将近中年时，从关东回来了，但什么也没有带回来。这人长得高高的个子，穿着黑布长衫，走起路来，"蛇摇担晃"。他这种走路的姿势，常常引起家长们对孩子的告诫，说这种走法没有根柢，所以他会吃不上饭。

他叫四喜，论乡亲辈，我叫他四喜叔。我对他的印象很好。他从东头到西头，扬长地走在大街上，说句笑话儿，惹得他那些嫂子辈的人，骂他"贼兔子"，他就越发高兴起来。他对孩子们尤其和气。有时，坐在他家那旷荡的院子里，拉着板胡，唱一段清扬悦耳的梆子，我们听起来很是入迷。他知道我好看书，就把他的一部《金玉缘》借给了我。

哥哥嫂子，当然对他并不欢迎，在家里，他已经无事可为，每逢集市，他就夹上他那把锋利明亮的切肉刀，去帮人家卖肉。他站在肉车子旁边，那把刀，在他手中熟练而敏捷地摇动着，那煮熟的牛肉、马肉或是驴肉，切出来是那样薄，就像木匠手下的刨花一样，飞起来并且有规律地落在那圆形的厚而又大的肉案边缘，这样，他在给顾客装进烧饼的时候，既出色又非常方便。他是远近知名的"飞刀刘四"。现在是英雄落魄，暂时又有用武之地。在他从事这种工作的时候，你可以看到，他高大的身材，在一层层顾客的包围下，顾盼神飞，谈笑自若。可以想到，如果一个人，能永远在这样一种状态中存在，岂不是很有意义，也很光荣？

等到集市散了，天也渐渐晚了，主人请他到饭铺吃一顿饱饭，还喝了一些酒。他就又夹着他那把刀回家去。集市离我们村只有三里路。在路上，他有些醉了，走起来，摇晃得更厉害了。

对面来了一辆自行车。他忽然对着人家喊：

"下来！"

"下来干什么？"骑自行车的人，认得他。

"把车子给我！"

"给你干什么？"

"不给，我砍了你！"他把刀一扬。

骑车子的人回头就走，绕了一个圈子，到集市上的派出所报了案。

他若无其事地回到家里，也许把路上的事忘记了。当晚睡得很香甜。第二天早晨，就被捉到县城里去。

那时正是冬季，农村很动乱，每天夜里，绑票的枪声，就像大年五更的鞭炮。专员正责成县长加强治安，县长不分青红皂白，就把他枪毙，作为成绩向上级报告了。他家里的人没有去营救，也不去收尸。一个人就这样完结了。

他那部《金玉缘》，当然也就没有了下落。看起来，是生活决定着他的命运，而不是书。而在我的童年时代，是和小小的书本同时，痛苦地看到了严酷的生活本身。

1978 年春天

保定旧事

　　我的家乡，距离保定，有一百八十里路。我跟随父亲在安国县，这样就缩短了六十里路。去保定上学，总是雇单套骡车，三个或两个同学，合雇一辆。车是前一天定好，刚过半夜，车夫就来打门了。他们一般是很守信用，绝不会误了客人行程的。于是抱行李上车。在路上，如果你高兴，车夫可以给你讲故事；如果你困了，要睡觉，他便停止，也坐在车前沿，抱着鞭子睡起来。这种旅行，虽在深夜，也不会迷失路途。因为学生们开学，路上的车，连成了一条长龙。牲口也是熟路，前边停下，它也停下；前边走了，它也跟着走起来，这样一直走到唐河渡口，天也就大亮了。如果是春冬天，在渡口也不会耽搁多久。车从草桥上过去，桥头上站着一个人，一边和车夫们开着玩笑，一边敲讹着学生们的过路钱。

　　中午，在温仁或是南大冉打尖。一进街口，便有望不到头的各式各样的笊篱，挂在大街两旁的店门口。店伙们站在门口，喊叫着，招呼着，甚至拦截着，请车辆到他的店中去。但是，这不会酿成很大的混乱，也不会因为争夺生意，互相吵闹起来。因为店伙们和车夫们都心中有数，谁是哪家的主顾，这是一生一世，也不会轻易忘情和发生变异的。

一进要停车打尖的村口，车夫们便都神气起来。那种神气是没法形容的，只有用他们的行话，才能说明万一。这就是那句社会上公认的成语："车喝儿进店，给个知县也不干！"

确实如此，车夫把车喝住，把鞭子往车卒上一插，便什么也不管，径到柜房，洗脸，喝茶，吃饭去了。一切由店伙代劳。酒饭钱，牲口草料钱，自然是从乘客的饭钱中代付了。

牲口、人吃饱了，喝足了，连知县都不想干的车夫们，一个个喝得醉醺醺的，蜂拥着从柜房出来，催客人上路。其实，客人们早就等急了，天也不早了。这时，人欢马腾，一辆辆车赶得要飞起来，车夫坐在车上，笑嘻嘻地回头对客人说：

"先生，着什么急？这是去上学，又不是回家，有媳妇等着你！"

"你该着急呀，"一些年岁大的客人说，"保定府，你有相好的吧！"

"那误不了，上灯以前赶到就行！"车夫笑着说。

一进校门，便是黄卷青灯的生活。

这是一所私立中学，设在西关外一条南北街上。这是一条很荒凉的小街道，但庄严地坐落着一所大学和两所中等学校。此外就只有几家小饭铺，三两处糖摊。

　　整个保定的街道，都是坑坑洼洼，尘土飞扬的。那时谁也没想过，这个府城为什么这样荒凉，这样破旧，这样萧条。也没有谁想到去建设它，或是把它修整修整。谁也没有去注意这个城市的市政机关设在哪里，也看不到一个清扫街道的工人。

　　从学校进城去，还有一条斜着通到西门的坎坷的土马路，走过一座卖包子和罩火烧的小楼，便是护城河的石桥。秋冬风沙大，接近城门时，从门洞刮出的风又冷又烈，就得侧着身子或背着身子走。在转身的一刹那，常常会看到，在城门一边的墙上，挂着一个小木笼，这就是在那个年代，视为平常的、被灰尘蒙盖了的、血肉模糊的示众的首级。

　　经常有些杂牌军队，在西关火车站驻防。星期天，在石桥旁边那家澡塘里，可以看到好多军人洗澡。在马路上，三两成群的外出士兵，一般都不携带枪支，而是把宽厚的皮带握在手里。黄昏的时候，常常有全副武装的一小队人，匆匆忙忙在街上冲过，最前边的一个人，抱着灵牌一样的纸糊大令。城门上悬挂的物件，就全是他们的作品。

　　如果遇到什么特别重要的人物来了，比如当时的张学良，则临时戒严，街上行人，一律面向墙壁，背后排列着也是面向墙壁的持枪士兵。

　　这个城市，就靠几所学校维持着，成为中国北方除北平以外著名的文化古城。

　　如果不是星期天，城里那条最主要的街道——西大街上，是很少行人的。两旁店铺的门，有的虚掩着，有的干脆就关闭。有名的市场"马号"里，游人也是寥寥无几。这个市场，高高低低，非常阴暗。各个小铺子里的店员们，呆呆地站在柜台旁边，有的就靠着柜台睡着了。

只有南门外大街上，几家小铁器铺里，传出叮叮当当的响声；另外，从西关水磨那里，传来哗哗的流水声。此外，这就是一座灰色的，没有声音的，城南那座曹锟花园，也没有几个游人的，窒息了的城市。

那时候，只是一家单纯的富农，还不能供给一个中学生；一家普通地主，不能供给一个大学生。必须都兼有商业资本或其他收入。这样，在很长时间里，文化和剥削，发生着不可分割的关联。

这所私立的中学，一个学生一年要交三十六元的学费（买书在外）。那时，农民出售三十斤一斗的小麦，也不过收入一元多钱。

这所中学，不只在保定，在整个华北也是有名的。它不惜重金，礼聘有名望的教员，它的毕业生，成为天津北洋大学录取新生的一个主要来源。同时，不惜工本，培养运动员。北平师范大学体育系，每期差不多由它包办了。它在篮球场上，一度成为舞台上的梅兰芳那样的明星，王玉增的母校。

它也是那些从它这里培养，去法国勤工俭学，归来后成为一代著名人物的人们的母校。

当我进校的时候，它还附设着一个铁工厂，又和化学教员合

076

办了一个制革厂，都没有什么生意，学生也不到那里去劳动，勤工俭学，已经名存实亡了。

学校从操场的西南角，划出一片地方，临着街盖了一排教室，办了一所平民学校。

在我上高二的时候，我有一个要好的同班生，被学校任命为平民学校的校长。他见我经常在校刊上发表小说，就约我去教女高小二年级的国文。

被教育了这么些年，一旦要去教育别人，确是很新鲜的事。听到上课的铃声，抱着书本和教具，从教员预备室里出来，严肃认真地走进教室。教室很小，学生也不多，只有五六个人。她们肃静地站立起来，认真地行着礼。

平民学校的对门，就是保定第二师范。在那灰色的大围墙里面，它的学生们，正在进行实验苏维埃的红色革命。国家民族处在生死存亡危急的关头，"九一八""一·二八"事变，在学生平静的读书生活里，像投下两颗炸弹，许多重大迫切的问题，涌到青年们的眼前，要求每个人做出解答。

我写了韩国志士谋求独立的剧本，给学生们讲了法国和波兰的爱国小说，后来又讲了十月革命的短篇作品。

班长王淑珍，坐在最前排中间位置上。每当我进来，她喊着口令，声音沉稳而略带沙哑。她身材矮小，面孔很白，眼睛在她那小而有些下尖的脸盘上，显得特别的黑和特别的大。油黑的短头发，分下来紧紧贴在两鬓上。嘴很小，下唇丰厚，说话的时候，总带着轻微的笑。

她非常聪明，各门功课都是出类拔萃的，大楷和绘画，我是望尘莫及的。她的作文，紧紧吻合着时代，以及我教课的思想和感情。有说不完的意思，她就写很长的信，寄到我的学校，和我讨论，要我解答。

我们的校长，曾经跟随过孙中山先生，后来，有人说他成了国家主义派，专门办教育了。他住在学校第二层院的正房里。学校原是由一座旧庙改建的，他所住的，就是庙宇的正殿。他是道貌岸然的，长年袍褂不离身。很少看见他和人谈笑，却常常看到他在那小小的庭院里散步，也只是限于他门前那一点点地方。一九二七年以后，每次周会，能在大饭堂听到他的清楚简短的讲话。

训育主任的办公室，设在学生出入必须经过的走廊里。他坐在办公桌上，就可以对出入学校大门的人，一览无余。他觉得这还不够，几乎无时不在那一丈多长的走廊中间，来回踱步。师道尊严，尤其是训育主任，左规右矩，走路都要给学生做出楷模。他高个子，西服革履，一脸杀气——据说曾当过连长，眼睛平直前望，一步迈出去，那种慢劲和造作劲，和仙鹤完全一样。

他的办公室的对面，是学生信架，每天下午课后，学生们到这里来，看有没有自己的信件。有一天，训育主任把我叫到他的办公室，用简短客气的话语，免去了我在平校的教职。显然是王淑珍的信出了毛病。

我的讲室，在面对操场的那座二层楼上。每次课间休息，我们都到走廊上，看操场上的学生们玩球。平校的小小院落，看得很清楚。随着下课铃响，我看见王淑珍站在她的课堂门前的台阶上，用忧郁的、大胆的、厚意深情的目光，投向我们的大楼之上。如果是下午，阳光直射在她的身上。她不顾同学们从她身边跑进跑出，直到上课的铃声响完，她才最后一个转身进入教室。

我从农村来，当时不太了解王淑珍的家庭生活。后来我才知道，这叫作城市贫民。她的祖先，不知在一种什么境遇下，在这个城市住了下来，目前生活是很穷困的了。她的母亲，只能把她押在那变化无常的，难以捉摸的，生活或者叫作命运的棋盘上。

城市贫民和农村的贫农不一样。城市贫民，如果他的祖先阔气过，那就要照顾生活的体面。特别是一个女孩子，她在家里可以吃不饱，但出门之时，就要有一件像样的衣服穿在身上。如果在冬天，就还要有一条宽大漂亮的毛线围巾，披在肩头。

当她因为眼病，住了西关思罗医院的时候，我又知道她家是教民，这当然也是为了得到生活上的救济。我到医院去看望了她，她用纱布包裹着双眼，像捉迷藏一样。她母亲看见我，就到外边买东西去了。在那间小房子里，王淑珍对我说了情意深长的话。医院的人来叫她去换药，我也告辞，她走到医院大楼的门口，回过身来，背靠着墙，向我的方位站了一会儿。

这座医院，是一座外国人办的医院，它有一带大围墙，围墙以内就成了殖民地。我顺着围墙往外走，经过一片杨树林。有一个小教民，背着柴筐从对面走来，向我举起拳头示威。是怕我和他争夺秋天的败枝落叶呢？还是意识到主子是外国人，自己也高人一等？

王淑珍和我年岁相差不多，她竟把我当作师长，在茫茫的人生原野上，希望我能指引给她一条正确的路。我很惭愧，我不是先知先觉，我很平庸，不能引导别人，自己也正在苦恼地从书本和实践中探索。训育主任，想叫学生循着他所规定的，像操场上田径比赛时，用白粉划定的跑道前进，这也是不可能的。时代和生活的波涛，不断起伏。在抗日大浪潮的推动下，我离开了保定，到了距离她很远的地方。

我不知道，生活把王淑珍推到了什么地方，我想她现在一定生活得很幸福。

那种苦雨愁城，枯柳败路的印象，很自然地一扫而光。

1977 年 3 月

某村旧事

一九四五年八月，日寇投降，我从延安出发，十月到浑源，休息一些日子，到了张家口。那时已经是冬季，我穿着一身很不合体的毛蓝粗布棉衣，见到在张家口工作的一些老战友，他们竟是有些"城市化"了。做财贸工作的老邓，原是我们在晋察冀工作时的一位诗人和歌手，他见到我，当天夜晚把我带到他的住处，烧了一池热水，叫我洗了一个澡，又送我一些钱，叫我明天到早市买件衬衣。当年同志们那种同甘共苦的热情，真是值得怀念。

第二天清晨，我按照老邓的嘱咐到了摊贩市场。那里热闹得很，我买了一件和我的棉衣很不相称的"绸料"衬衣，还买了一条日本的丝巾围在脖子上，另外又买了一顶口外的狸皮冬帽戴在头上。路经宣化，又从老王的床铺上扯了一条粗毛毯，一件日本军用黄呢斗篷，就回到冀中平原上来了。

这真是胜利归来，洋洋洒洒，连续步行十四日，到了家乡。在家里住了四天，然后，在一个大雾弥漫的早晨，到了蠡县县城去。

冬天，走在茫茫大雾里，像潜在又深又冷的浑水里一样。但等到太阳出来，就看见村庄、树木上，满是霜雪，那也真是一种奇景。那些年，我是多么喜欢走路行军！走在农村的、安静的、平坦的道路上，人的思想就会像清晨的阳光，猛然投射到披满银花的万物上，那样闪耀和清澈。

傍晚，我到了县城。县委机关设在城里原是一家钱庄的大宅院里，老梁住在东屋。

梁同志朴实而厚重。我们最初认识是一九三八年春季，我到这县组织人民武装自卫会，那时老梁在县里领导着一个剧社。但熟起来是在一九四二年，我从山地回到平原，帮忙编辑《冀中一日》的时候。

一九四三年，敌人在晋察冀持续了三个月的大"扫荡"。在繁峙境，我曾在战争空隙，翻越几个山头，去看望他一次。那时他正跟随西北战地服务团行军，有任务要到太原去。

我们分别很久了。当天晚上，他就给我安排好了下乡的地点，他叫我到一个村庄去。我在他那里，见到一个身材不高管理文件的女同志，老梁告诉我，她叫银花，就是那个村庄的人。她有一个妹妹叫锡花，在村里工作。

到了村里，我先到锡花家去。这是一家中农。锡花是一个非常热情、爽快、很懂事理的姑娘。她高高的个儿，颜面和头发上，都还带着明显的稚气，看来也不过十七八岁。中午，她给我预备了一顿非常可口的家乡饭：煮红薯、炒花生、玉茭饼子、杂面汤。

她没有母亲，父亲有四十来岁，服饰不像一个农民，很像一个从城市回家的商人，脸上带着酒气，不好说话，在人面前，好像做了什么错事似的。在县城，我听说他不务正业，当时我想，也许是中年鳏居的缘故吧。她的祖父却很活跃，不像一个七十来岁的老人，黑干而健康的脸上，笑容不断，给我的印象，很像是一个牲口经纪或赌场过来人。他好唱昆曲，在我们吃罢饭休息的时候，他拍着桌沿，给我唱了一段《藏舟》。这里的老一辈人，差不多都会唱几口昆曲。

我住在这一村庄的几个月里，锡花常到我住的地方看我，有时给我带些吃食去。她担任村里党支部的委员，有时也征求我一些对村里工作的意见。有时，我到她家去坐坐，见她总是那样勤快活泼。后来，我到了河间，还给她写过几回信，她每次回信，都谈到她的学习。我进了城市，音问就断绝了。

这几年，我有时会想起她来，曾向梁同志打听过她的消息。老梁说，在一九四八年农村整风的时候，好像她家有些问题，被当作"石头"搬了一下。农民称她家为"官铺"，并编有歌谣。锡花仓促之间，和一个极普通的农民结了婚，好像也很不如意。详细情形，不得而知。乍听之下，为之默然。

我在那里居住的时候，接近的群众并不多，对于干部，也只是从表面获得印象，很少追问他们的底细。现在想起来，虽然当时已经从村里一些主要干部身上，感觉到一种专横独断的作风，也只认为是农村工作不易避免的缺点。在锡花身上，连这一点也没有感到。所以，我还是想：这些民愤，也许是她的家庭别的成员引起的，不一定是她的过错。至于结婚如意不如意，也恐怕只是局外人一时的看法。感情的变化，是复杂曲折的，当初不如意，今天也许如意。很多人当时如意，后来不是竟不如意了吗？但是，这一切都太主观，近于打板摇卦了。我在这个村庄，写了《钟》《"藏"》《碑》三篇小说。在《"藏"》里，女主人公借用了锡花这个名字。

我住在村北头姓郑的一家三合房大宅院里，这原是一家地主，房东是干部，不在家，房东太太也出去看望她的女儿了。陪我做伴的，是他家一个老用人。这是一个在农村被认为缺个魂儿、少个心眼儿、其实是非常质朴的贫苦农民。他的一只眼睛不好，眼泪不停止地流下来，他不断用一块破布去擦抹。他是给房东看家的，因而也帮我做饭。没事的时候，也坐在椅子上陪我说说话儿。

有时，我在宽广的庭院里散步，老人静静地坐在台阶上；夜晚，我在屋里地下点一些秫秸取暖，他也蹲在一边取火抽烟。他的形象，在我心里，总是引起一种极其沉重的感觉。他孤身一人，年近衰老，尚无一瓦之栖，一垄之地。无论在生活和思想上，在他那里，还没有在其他农民身上早已看到的新的标志。一九四八年平分土地以后，不知他的生活变得怎样了，祝他晚境安适。

在我的对门，是妇救会主任家。我忘记她家姓什么，只记得主任叫志扬，这很像是一个男人的名字。丈夫在外面做生意，家里只有她和婆母。婆母外表黑胖，颇有心计，这是我一眼就看出来的。我初到郑家，因为村干部很是照顾，她以为来了什么重要的上级，亲自来看过我一次，显得很亲近，一定约我到她家去坐坐。第二天我去了，是在平常人家吃罢早饭的时候。她正在院里打扫，这个庭院显得整齐富裕，门窗油饰还很新鲜，她叫我到儿媳屋里去，儿媳也在屋里招呼了。我走进西间里，看见妇救会主任还没有起床，盖着耀眼的红绫大被，两只白皙丰满的膀子露在被头外面，就像陈列在红绒衬布上的象牙雕刻一般。我被封建意识所拘束，急忙却步转身。她的婆母却在外间吃吃笑了起来，这给我的印象颇为不佳，以后也就再没到她家去过。

有时在街上遇到她婆母，她对我好像也非常冷淡下来了。我想，主要因为，她看透我是一个穷光蛋，既不是骑马的干部，也不是骑车子的干部，而是一个穿着粗布棉衣，夹着小包东游西晃溜溜达达的干部。进村以来，既没有主持会议，也没有登台讲演，这种干部，叫她看来，当然没有什么作为，也主不了村中的大计，得罪了也没关系，更何必巴结钻营？

后来听老梁说，这家人家在一九四八年冬季被斗争了。这一消息，没有引起我任何惊异之感，她们当时之所以工作，明显地带有投机性质。

在这村，我遇到了一位老战友，他的名字，我起先忘记了，我的爱人是"给事中"，她告诉我这个人叫松年。那时他只有二十五六岁，瘦小个儿，聪明外露，很会说话，我爱人只见过他一两次，竟能在十五六年以后，把他的名字冲口说出，足见他给人印象之深。

松年也是郑家支派。他十几岁就参加了抗日工作，原在冀中区的印刷厂，后调阜平《晋察冀日报》印刷厂工作。我俩人工作经历相仿，过去虽未见面，谈起来非常亲切。他已经脱离工作四五年了。他父亲多病，娶了一房年轻的继母，这位继母足智多谋，一定要儿子回家，这也许是为了儿子的安全着想，也许是为家庭的生产生活着想。最初，松年不答应，声言以抗日为重。继母遂即给他说好一门亲事，娶了过来，枕边私语，重于诏书。新媳妇的说服动员工作很见功效，松年在新婚之后，就没有回山地去，这在当时被叫作"脱鞋"——"妥协"或开小差。

时过境迁，松年和我谈起这些来，已经没有惭怍不安之情，同时，他也许有了什么人生观的依据和现实生活的体会吧，他对我的抗日战士的贫苦奔波的生活，竟时露嘲笑的神色。那时候，我既服装不整，夜晚睡在炕上，铺的盖的也只是破毡败絮。（因为房东不在家，把被面都搁藏起来，只是炕上扔着一些破被套，我就利用它们取暖。）而我还要自己去要米，自己烧饭，在他看来，岂不近于游僧的敛化，饥民的就食！在这种情况下面，我的好言相劝，他自然就听不进去，每当谈到"归队"，他就借故推托，扬长而去。

有一天，他带我到他家里去。那也是一处地主规模的大宅院，但有些破落的景象。他把我带到他的洞房，我也看到了他那按年岁来说显得过于肥胖了一些的新妇。新妇看见我，从炕上溜下来出去了。因为曾经是老战友，我也不客气，就靠在那折叠得很整齐的新被垒上休息了一会儿。

房间裱糊得如同雪洞一般，阳光照在新糊的洒过桐油的窗纸上，明亮如同玻璃。一张张用红纸剪贴的各色花朵，都给人一种温柔之感。房间的陈设，没有一样不带新婚美满的气氛，更有一种脂粉的气味，在屋里弥漫……

柳宗元有言，流徙之人，不可在过于冷清之处久居，现在是，革命战士不可在温柔之乡久处。我忽然不安起来了。当然，这里没有冰天雪地，没有烈日当空，没有跋涉，没有饥饿，没有枪林弹雨，更没有人死出生。但是，它在消磨且已经消磨尽了一位青年人的斗志。我告辞出来，一个人又回到那冷屋子冷炕上去。

生活啊，你在朝着什么方向前进？你进行得坚定而又有充分的信心吗？

"有的。"好像有什么声音在回答我，我睡熟了。

在这个村庄里，我另外认识了一位文建会的负责人，他有些地方，很像我在《风云初记》里写到的变吉哥。

以上所记，都是十五六年前的旧事。一别此村，从未再去。有些老年人，恐怕已经安息在土壤里了吧，他们一生的得失，欢乐和痛苦，只能留在乡里的口碑上。一些青年人，恐怕早已生儿育女，生活大有变化，愿他们都很幸福。

1962 年 8 月 13 日夜记

黄　鹂

——病期琐事

　　这种鸟儿，在我的家乡好像很少见。童年时，我很迷恋过一阵捕捉鸟儿的勾当。但是，无论春末夏初在麦苗地或油菜地里追逐红靛儿，或是天高气爽的秋季，奔跑在柳树下面网罗虎不拉儿的时候，都好像没有见过这种鸟儿。它既不在我那小小的村庄后边高大的白杨树上同鹚鸡儿一同鸣叫，也不在村南边那片神秘的大苇塘里和苇咋儿一块筑窠。

　　初次见到它，是在阜平县的山村。那是抗日战争期间，在不断的炮火洗礼中，有时清晨起来，在茅屋后面或是山脚下的丛林里，我听到了黄鹂的尖利的富有召唤性和启发性的啼叫。可是，它们飞起来，迅若流星，在密密的树枝树叶里忽隐忽现，常常是在我仰视的眼前一闪而过，金黄的羽毛上映照着阳光，美丽极了，想多看一眼都很困难。

　　因为职业的关系，对于美的事物的追求，真是有些奇怪，有时简直近于一种狂热。在战争不暇的日子里，这种观察飞禽走兽的闲情逸致，不知对我的身心情感，起着什么性质的影响。

前几年，终于病了。为了疗养，来到了多年向往的青岛。春天，我移居到离海边很近，只隔着一片杨树林洼地的一幢小楼房里。有很长的一段时间，我一个人住在这里，清晨黄昏，我常常到那杨树林里散步。有一天，我发现有两只黄鹂飞来了。

这一次，它们好像喜爱这里的林木深密幽静，也好像是要在这里产卵孵雏，并不匆匆离开，大有在这里安家落户的意思。

每天，天一发亮，我听到它们的叫声，就轻轻打开窗帘，从楼上可以看见它们互相追逐，互相逗闹，有时候看得淋漓尽致，对我来说，这真是饱享眼福了。

观赏黄鹂，竟成了我的一种日课。一听到它们叫唤，心里就很高兴，视线也就转到杨树上，我很担心它们一旦要离此他去。这里是很安静的，甚至有些近于荒凉，它们也许会安心居住下去的。我在树林里徘徊着，仰望着，有时坐在小石凳上谛听着，但总找不到它们的窠巢所在，它们是怎样安排自己的住室和产房的呢？

一天清晨，我又到树林里散步，和我患同一种病症的史同志手里拿着一支猎枪，正在瞄准树上。

"打什么鸟儿？"我赶紧过去问。

"打黄鹂！"老史兴致勃勃地说，"你看看我的枪法。"

这时候，我不想欣赏他的枪技，我但愿他的枪法不准。他瞄了一会儿，黄鹂发觉飞走了。乘此机会，我以老病友的资格，请他不要射击黄鹂，因为我很喜欢这种鸟儿。

　　我很感激老史同志对友谊的尊重。他立刻答应了我的要求，没有丝毫不平之气。并且说："养病么，喜欢什么就多看看，多听听。"

　　这是真诚的同病相怜。他玩猎枪，也是为了养病，能在兴头儿上照顾旁人，这种品质不是很难得吗？

　　有一次，在东海岸的长堤上，一位穿皮大衣戴皮帽的中年人，只是为了讨取身边女朋友的一笑，就开枪射死了一只回翔在天空的海鸥。一群海鸥受惊远飏，被射死的海鸥落在海面上，被怒涛拍击漂卷。胜利品无法取到，那位女人请在海面上操作的海带培养工人帮助打捞，工人们愤怒地掉头划船而去。这给我留下了深刻的印象。回到房子里，无可奈何地写了几句诗，也终于没有完成，因为契诃夫在好几种作品里写到了这种人。我的笔墨又怎能更多地为他们的业绩生色？在他们的房间里，只挂着契诃夫为他们写的褒词就够了。

　　惋惜的是，我的朋友的高尚情谊，不能得到这两只惊弓之鸟的理解，它们竟一去不返。从此，清晨起来，白杨萧萧，再也听不到那种清脆的叫声。夏天来了，我忙着到浴场去游泳，渐渐把它们忘掉了。

　　有一天我去逛鸟市。那地方卖鸟儿的很少了，现在生产第一，游闲事物，相应减少，是很自然的。在一处转角地方，有一个卖鸟笼的老头儿，坐在一条板凳上，手里玩弄着一只黄鹂。黄鹂系在一根木棍上，一会儿悬空吊着，一会儿被拉上来。我站住了，我望着黄鹂，忽然觉得它的焦黄的羽毛，它的嘴眼和爪子，都带有一种凄惨的神气。

"你要吗？多好玩儿！"老头儿望望我问了。

"我不要。"我转身走开了。

我想，这种鸟儿是不能饲养的，它不久会被折磨得死去。这种鸟儿，即使在动物园里，也不能从容地生活下去吧，它需要的天地太宽阔了。

从此，有很长一段时间，我不再想起黄鹂。第二年春季，我到了太湖，在江南，我才理解了"杂花生树，群莺乱飞"这两句文章的好处。

是的，这里的湖光山色，密柳长堤；这里的茂林修竹，桑田苇泊；这里的乍雨乍晴的天气，使我看到了黄鹂的全部美丽，这是一种极致。

是的，它们的啼叫，是要伴着春雨、宿露，它们的飞翔，是要伴着朝霞和彩虹的。这里才是它们真正的家乡，安居乐业的所在。

各种事物都有它的极致。虎啸深山，鱼游潭底，驼走大漠，雁排长空，这就是它们的极致。

在一定的环境里，才能发挥这种极致。这就是形色神态和环境的自然结合和相互发挥，这就是景物一体。典型环境中的典型性格，也可以从这个角度来理解吧。这正是在艺术上不容易遇到的一种境界。

1962 年 4 月

关于《山地回忆》的回忆

一九四九年十二月，我写了一篇短篇小说《山地回忆》，发表在上海的《小说》杂志上。最近，有的地方编辑丛刊，收进了它。在校正文字时，我想起一些过去的事。

自己的生平，本来没有什么值得郑重回忆的事迹。但在"四人帮"当路的那些年月，常常苦于一种梦境：或与敌人遭遇，或与恶人相值。或在山路上奔跑，或在地道中委蛇。或沾溷厕，或陷泥泞。有时漂于无边苦海，有时坠于万丈深渊。呼叫醒来，长舒一口气想道：我走过的路上，竟有这么多的险恶，直到晚年，还残存在印象意识之中吗？

是，有的。近的且不去谈它。一九四四年春季，经历了敌人三个月的残酷"扫荡"，我刚刚从繁峙的高山上下来，就和华北联大高中班六七位同事，几十个同学，结队出发，到革命圣地延安去。这是一支很小的队伍，由总支书记吕梁同志带队。吕梁同志，从到延安分手后，我就一直没见到过他。他是一位善于做政治工作，非常负责，细心周到，沉默寡言的值得怀念的同志。

　　我们从阜平出发，不久进入山西境内。大概是到了忻县一带吧，接近敌人据点。一天中午，我们到了一个村庄，在村里看不到什么老百姓。我们进入一家宅院，把背包放在屋里，就按照命令赶快做饭。饭是很简单的，东锅焖小米饭，西锅煮菜汤。人们把饭吃完，然后围在西锅那里，洗自己的饭碗。

　　我有个难改的毛病，什么事都不愿往上挤，总是靠后站。等人们利用洗锅的那点水，把碗洗好，都到院里休息去了，我才上去洗。锅里的水已经很少，也很脏了，我弯着腰低着头，忽然"嗡"的一声，锅飞了起来，屋里烟尘弥漫，院子里的人都惊了。

　　我还不知道是怎么回事。拿着小洋瓷碗，木然地走到院里，同学们都围了上来。据事后他们告诉我，当时我的形象可怕极了。一脸血污，额上翻着两寸来长的一片肉。

　　当我自己用手一抹，那些可怕的东西，竟是污水和一片菜叶的时候，我不得不到村外的小河里去把脸洗一下。

　　在洗脸的时候，我和一个在下游洗菜的妇女争吵了起来。我刚刚受了惊，并断定这是村里有坏人，预先在灶下埋藏了一枚手榴弹，也可以说是一枚土制的定时炸弹。如果不是山西的锅铸得坚固，灶口垒得严实，则我一定早已魂飞天外了。

　　我非常气愤，和她吵了几句，悻悻然回到队上，马上就出发了。村南是一条大河。我对这条河的印象很深，但忘记问它的名字。是一条东西方向的河，有二十米宽，水平得像镜子一般，晴空的太阳照在它的身上，简直看不见有什么涟漪。队长催促，我们急迫地渡过河流。水齐着我的胸部，平静、滑腻，有些暖意，我有生以来，第一次体会到水的温柔和魅力。

远处不断传来枪声。过河以后，我们来不及整理鞋袜，就要爬上一座非常陡峭的，据说有四十里的高山。一个姓梅的女同学，还在河边洗涮鞋里的沙子，我招呼了她，并把口袋里的冷玉米面窝窝头，分给她一些，作为赶爬这样高山的物质准备。天黑，我们爬到了山顶，风大、寒冷，不能停留，又遇到暴雨。第二天天亮，我们才算下了山，进入村庄休息。

睡醒以后，同事们才有了精力拿我昨天遇到的惊险场面，作为笑料，并庆幸我的命大。

我现在想：如果，在那种情况下，把我炸死，当然说不上是冲锋陷阵的壮烈牺牲，只能说是在战争环境中的不幸死亡。在那些年月，这种死亡，甚至可以说是一种接近寿终正寝的正常死亡。同事们会把我埋葬在路旁、山脚、河边，也无须插上什么标志。确实，有不少走在我身边的同志，是那样倒下去了。有时是因为战争，有时仅仅是因为疾病、饥寒，药物和衣食的缺乏。每个战士都负有神圣的职责，生者和死者，都不把这种死亡作为不幸，留下遗憾。

现在，我主要回忆的不是这些，是关于那篇小说《山地回忆》。小说里那个女孩子，绝不是这次遇到的这个妇女。这个妇女很刁泼，并不可爱。我也不想去写她。我想写的，只是那些我认为可爱的人，而这种人，在现实生活中间，占大多数。她们在我的记忆里是数不清的。洗脸洗菜的纠纷，不过是引起这段美好的回忆的楔子而已。

"四人帮"派的文艺观是：不许人们写真人真事，而又好在一部作品中间，去做无中生有的索引，去影射。这是一种对生活、对文艺都非常有害的做法。

在一篇作品，他们认为是"红"的时候，他们把主角和真人真事联系起来，甚至和作者联系起来。以为作者是英雄，所以他才能写出英雄；作者是美女，所以她才能写出美女。并把故事和当时当地联系起来，拿到一定的地点去对证，荣耀乡里。在一部作品，他们忽然又要批判的时候，就把主角的反动性，和真人真事联系起来，甚至和作者联系起来，拿到他的工作地点或家乡去批判，株连亲友，辱及先人。

有人说这叫"庸俗社会学"。社会学不社会学我不知道，庸俗是够庸俗的了。

我虽然主张写人物最好有一个模特儿，但等到人物写出来，他就绝不是一个人的孤单摄影。《山地回忆》里的女孩子，是很多山地女孩子的化身。当然，我在写她们的时候，用的多是彩笔，热情地把她们推向阳光照射之下，春风吹拂之中。在那可贵的艰苦岁月里，我和人民建立起来的感情，确是如此。我的职责，就是如实而又高昂浓重地把这种感情渲染出来。

进城以后，我已经感到：这种人物，这种生活，这种情感，越来越会珍贵了。因此，在写作中间，我不可抑制地表现了对她，对这些人物的深刻的爱。

1978 年 9 月 29 日上午

关于《荷花淀》的写作

《荷花淀》最初发表在延安《解放日报》的副刊上，是一九四五年春天，那时我在延安鲁迅艺术文学院学习和工作。

这篇小说引起延安读者的注意，我想是因为同志们长年在西北高原工作，习惯于那里的大风沙的气候，忽然见到关于白洋淀水乡的描写，刮来的是带有荷花香味的风，于是情不自禁地感到新鲜吧。当然，这不是最主要的，是献身于抗日的战士们，看到我们的抗日根据地不断扩大，群众的抗日决心日益坚决，而妇女们的抗日情绪也如此令人鼓舞，因此就对这篇小说发生了喜爱的心。

白洋淀地区属于冀中抗日根据地。冀中平原的抗战，以其所处的形势，所起的作用，所经受的考验，早已为全国人民所瞩目。

但是，这里的人民的觉醒，也是有一个过程的。这一带地方，自从"九一八"事变以来，就屡屡感到日本帝国主义的威胁。卢沟桥事变不久，敌人的铁蹄就踏进了这个地区。这是敌人强加给中国人民的一场大灾难。而在这个紧急的时刻，国民党放弃了这一带国土，仓皇南逃。

农民的爱国心和民族自尊心是非常强烈的。他们面对的现实是：强敌压境，自己的生命，自己的家园，自己的妻子儿女，都没有了保障。他们要求保家卫国，他们要求武装抗日。

共产党和八路军及时领导了这一带广大农民的抗日运动。这是风起云涌的民族革命战争，每一个人都在这场斗争中献出了自己的全部力量。

在抗日的旗帜下，男女老少都动员起来了，面对的是最残暴的敌人。不抵抗政策，早已被人们唾弃。他们知道：凡是敌人，如果你对他抱有幻想，不去抵抗，其后果，都是要不堪设想，无法补偿的。

这是全民战争。那时的动员口号是：有人出人，有枪出枪，有钱出钱，有力出力。

农民的乡土观念是很重的。热土难离，更何况抛妻别子。但是青年农民，在各个村庄，都成群结队地走上抗日前线。那时，我们的武装组织有区小队、县大队、地区支队、纵队。党照顾农民的家乡观念，逐步逐级地引导他们成为野战军。

农民抗日，完全出于自愿。他们热爱自己的家、自己的父母妻子。他们当兵打仗，正是为了保卫他们。暂时的分别，正是为了将来的团聚。父母妻子也是这样想。

当时，一个老太太喂着一只心爱的母鸡，她就会想到：如果儿子不去打仗，不只她自己活不成，她手里的这只母鸡也活不成。一个小男孩放牧着一只小山羊，他也会想到：如果父亲不去打仗，不只他自己不能活，他牵着的这只小山羊也不能活。

至于那些青年妇女，我已经屡次声言，她们在抗日战争年代，所表现的识大体、乐观主义以及献身精神，使我衷心敬佩到五体投地的程度。

《荷花淀》所写的，就是这一时代，我的家乡，家家户户的平常故事。它不是传奇故事，我是按照生活的顺序写下来的，事先并没有什么情节安排。

白洋淀属于冀中区，但距离我的故乡，还有很远的路。一九三六年到一九三七年，我在白洋淀附近，教了一年小学。清晨黄昏，我有机会熟悉这一带的风土和人民的劳动、生活。

抗日战争时期，我主要是在平汉路西的山里工作。从冀中平原来的同志，曾向我讲了两个战斗故事：一个是关于地道的，一个是关于水淀的。前者，我写成一篇《第一个洞》，后者就是《荷花淀》。

我在延安的窑洞里一盏油灯下，用自制的墨水和草纸写成这篇小说。我离开家乡、父母、妻子，已经八年了。我很想念他们，也很想念冀中。打败日本帝国主义的信心是坚定的，但还难预料哪年哪月，才能重返故乡。

可以自信，我在写作这篇作品时的思想、感情，和我所处的时代，或人民对作者的要求，不会有任何不符拍节之处，完全是一致的。

我写出了自己的感情，就是写出了所有离家抗日战士的感情，所有送走自己儿子、丈夫的人们的感情。我表现的感情是发自内心的，每个和我生活经历相同的人，就会受到感动。

文学必须取信于当时，方能传信于后世。如在当代被公认为是诳言，它的寿命是不能长久的。时间检验了这篇五千字上下的小作品，使它得以流传到现在。过去的一些争论，一些责难，现在好像也不存在了。

冀中区的人民，在八年抗日战争中做出重大贡献，忍受重大灾难，蒙受重大损失。他们的事迹，必然要在文学上得到辉煌的反映，流传后世。《荷花淀》所反映的，只是生活的一鳞半爪。关于白洋淀的创作，正在方兴未艾，后来者应该居上。

1978 年 11 月 5 日草成

书的梦

到市场买东西，也不容易。一要身强体壮，二要心胸宽阔。因为种种原因，我足不入市，已经有很多年了。这当然是因为有人帮忙，去购置那些生活用品。夜晚多梦，在梦里却常常进入市场。在喧嚣拥挤的人群中，我无视一切，直奔那卖书的地方。

远远望去，破旧的书床上好像放着几种旧杂志或旧字帖。顾客稀少，主人态度也很和蔼。但到那里定睛一看，却往往令人失望，毫无所得。

按照弗洛伊德的学说，这种梦境，实际上是幼年或青年时代，残存在大脑皮质上的一种印象的再现。

是的，我梦到的常常是农村的集市景象：在小镇的长街上，有很多卖农具的，卖吃食的，其中偶尔有卖旧书的摊贩。或者，在杂乱放在地下的旧货中间，有几本旧书，它们对我最富有诱惑的力量。

这是因为，在童年时代，常常在集市或庙会上，去光顾那些出售小书的摊贩。他们出卖各种石印的小说、唱本。有时，在戏台附近，还会遇到陈列在地下的，可以白白拿走的，宣传耶稣教义的各种圣徒的小传。

在保定上学的时候，天华市场有两家小书铺，出卖一些新书。在大街上，有一种当时叫作"一折八扣"的廉价书，那是新旧内容的书都有的，印刷当然很劣。

有一回，在紫河套的地摊上，买到一部姚鼐编的《古文辞类纂》，是商务印书馆的铅印大字本，花了一圆大洋，这在我是破天荒的慷慨之举。又买了二尺花布，拿到一家裱画铺去做了一个书套。但保定大街上，就有商务印书馆的分馆，到里面买一部这种新书，所费也不过如此，才知道上了当。

后来又在紫河套买了一本大字的夏曾佑撰写的《中国历史教科书》（就是后来的《中国古代史》），也是商务排印的大字本，共两册。

最后一次逛紫河套，是一九五二年。我路过保定，远千里同志陪我到"马号"吃了一顿童年时爱吃的小馆，又看了"列国"古迹，然后到紫河套。在一家收旧纸的店铺里，远买了一部石印的《李太白集》。这部书，在远去世后，我在他的夫人于雁军同志那里还看见过。

中学毕业以后，我在北平流浪着。后来，在北平市政府当了一名书记。这个书记，是当时公务人员中最低的职位，专事抄写，是一种雇员，随时可以解职的，每月有二十元薪金。在那里，我第一次见到了旧官场、旧衙门的景象。那地方倒很好，后门正好对着北平图书馆。我正在青年，富于幻想，很不习惯这种职业。我常常到图书馆去看书。到北新桥、西单商场、西四牌楼、宣武门外去逛旧书摊。那时买书，是节衣缩食，所购完全是革命的书。我记得买过六期《文学月报》，五期《北斗》杂志，还有其他一些革命文艺期刊，如《奔流》《萌芽》《拓荒者》《世界文化》等。有时就带上这些刊物去"上衙门"。我住在石驸马大街附近，东太平街天仙庵公寓，那里的一位老工友，见我出门，就如此恭维。好在科里都是一些混饭吃、不读书的人，也没人过问。

我们办公的地方，是在一个小偏院的西房。这个屋子里最高的职位，是一名办事员，姓贺。他的办公桌摆在靠窗的地方，而且也只有他的桌子上有块玻璃板。他的对面也是一位办事员，姓李，好像和市长有些瓜葛，人比较文雅。家就住在府右街，他结婚的时候，我随礼去过。

我的办公桌放在西墙的角落里，其实那只是一张破旧的板桌，根本不是办公用的，桌子上也没有任何文具，只堆放着一些杂物。桌子两旁，放了两条破板凳，我对面坐着一位姓方的青年，是破落户子弟。他写得一手好字，只是染上了严重的嗜好。整天坐在那里打盹，睡醒了就和我开句玩笑。

那位贺办事员，好像是南方人，一上班嘴里的话是不断的，他装出领袖群伦的模样，对谁也不冷淡。他见我好看小说，就说他认识张恨水的内弟。

很久我没有事干，也没人分配给我工作。同屋有位姓石的山东人，为人诚实，他告诉我，这种情况并不好，等科长来考勤，对我很不利。他比较老于官场，他说，这是因为朝中无人的缘故。我那时不知此中的利害，还是把书本摆在那里看。

我们这个科是管市民建筑的。市民要修房建房，必须请这里的技术员，去丈量地基，绘制蓝图，看有没有侵占房基线。然后在窗口那里领照。

我们科的一位股长，是一个胖子，穿着蓝绸长衫，和下僚谈话的时候，老是把一只手托在长衫的前襟下面，做撩袍端带的姿态。他当然不会和我说话的。

有一次，我写了一个请假条寄给他。我虽然看过《酬世大观》，在中学也读过陈子展的《应用文》，高中时的国文老师，还常常把他替要人们拟的公文，发给我们当作教材。但我终于在应用时把"等因奉此"的程式用错了。听姓石的说，股长曾拿到我们屋里，朗诵取笑。股长有一个干儿，并不在我们屋里上班，却常常到我们屋里瞎串。这是一个典型的京华恶少，政界小人。他也好把一只手托在长衫下面，不过他的长衫，不是绸的，而是蓝布，并且旧了。有一天，他又拿那件事开我的玩笑，激怒了我，我当场把他痛骂一顿，他就满脸赔笑地走了。

当时我血气方刚，正是一语不合拔剑而起的时候，更何况初入社会，就到了这样一处地方，满腹怨气，无处发作，就对他来了。

我是由志成中学的体育教师介绍到那里工作的。他是当时北方的体育明星，娶了一位宦门小姐。他的外兄是工务局的局长。所以说，我官职虽小，来头还算可以。不到一年，这位局长下台，再加上其他原因，我也就"另候任用"了。

我被免职以后，同事们照例是在东来顺吃一次火锅，然后到娱乐场所玩玩。和我一同免职的，还有一位家在北平附近的人，脸上有些麻子，忘记了他的姓。他是做外勤的，他的为人和他的破旧自行车上的装备，给人一种商人小贩的印象，失业对他是沉重的打击。走在街上，他悄悄地对我说：

"孙兄，你是公子哥儿吧，怎么你一点也不在乎呀！"

我没有回答。我想说：我的精神支柱是书本，他当然是不能领会的。其实，精神支柱也不可靠，我所以不在意，是因为这个职位，实在不值得留恋。另外，我只身一人，这里没有家口，实在不行，我还可以回老家喝粥去。

和同事们告别以后，我又一个人去逛西单商场的书摊。渴望已久的，鲁迅先生翻译的《死魂灵》一书，已经陈列在那里了。用同事们带来的最后一次薪金，购置了这本名著，高高兴兴回到公寓去了。

第二天清晨，夹着这本书，出西直门，路经海淀，到离北平有五六十里路的黑龙潭，去看望在那里山村小学教书的一个朋友。他是我的同乡，又是中学同学。这人为人热情，对于比他年纪小的同乡同学，情谊很深。到他那里，正是深秋时节，黄叶飘落，潭水清冷，我不断想起曹雪芹在这一带著书的情景。住了两天，我又回到了北平。

我在朝阳大学同学处住几天，又到中国大学同学处住几天。后来，感到肚子有些饿，就写了一首诗，投寄《大公报》的《小公园》副刊。内容是：我要离开这个大城市，回到农村去了，因为我看到：在这里，是一部分人正在输血给另一部分人！

诗被采用，给了五角钱。

整理了一下，在北平一年所得的新书旧书，不过一柳条箱，就回到农村，去教小学了。

我的书籍，一损失于抗日战争之时，已在别一篇文章中略记，一损失于土地改革之时。

我的家庭成分是富农。按照当时党的政策，凡是有人在外参加革命，在政治上稍有照顾。关于书，是属于经济，还是属于政治，这是不好分的。贫农团以为书是钱买来的，这当然也是属于财产，他们就先后拿去了。其实也不看。当时，我们那里的农民，已普遍从八路军那里学会裁纸卷烟。在乡下，纸张较之布片还难得，他们是拿去卷烟了。

这时，我在饶阳县一个小区参加土改工作。大概是冀中区党委所在之地吧，发了一个通知，要各村贫农团，把斗争果实中的书籍，全部上缴小区，由专人负责清查保存。大概因为我是知识分子吧，我们的小区区长，把这个责任交给了我。

书籍也并不太多，堆在一间屋子的地下，而且多是一些古旧破书，可以用来卷烟的已经不多。我因家庭成分不好，又由于"客里空"问题，正在《冀中导报》受到公开批判，谨小慎微，对这些书籍，丝毫不敢染指，全部上缴县委了。

我的受批判，是因为那一篇《新安游记》。是个黄昏，我从端村到新安城墙附近绕了绕，那里地势很洼，有些雾气，我把大街的方向弄错了。回去仓促写了一篇抗日英雄故事，在《冀中导报》发表了。土改时被作为"客里空"典型。

在家乡工作期间，已经没有购买书籍的机会，携带也不方便。如果能遇到书本的话，只是用打游击的方式，走到哪里，就看到哪里。

但也有时得到书。我在蠡县工作时，有一次在县城大集上，从一个地摊上，买到一本商务印书馆出版的，铅印精装的《西厢记》。我带着看了一程子，后来送给蠡县一位书记了。

《冀中导报》在饶阳大张岗设立了一处造纸厂。他们收买一些旧书，用牲口拉的大碾，轧成纸浆。有一间棚子，堆放着旧书。我那时常到这家纸厂吃住。从棚子里，我捡到一本石印的《王圣教》和一本石印的《书谱》。

在河间工作的时候，每逢集日，在一处小树林里，有推着小车贩卖烂纸书本的。有一次，我从车上买到一部初版的《孽海花》。一直保存着，进城后，送给一位新婚燕尔、出国当参赞的同志了。

1979 年 4 月

画的梦

在绘画一事上，我想，没有比我更笨拙的了。和纸墨打了一辈子交道，也常常在纸上涂抹，直到晚年，所画的小兔、老鼠等等小动物，还是不成样子，更不用说人体了。这是我屡屡思考，不能得到解答的一个谜。

我从小就喜欢画。在农村，多么贫苦的人家，在屋里也总有一点点美术。人天生就是喜欢美的。你走遍多少人家，便可以欣赏到多少形式不同的、零零碎碎、甚至残缺不全的画。那或者是窗户上的一片红纸花，或者是墙壁上的几张连续的故事画，或者是贴在柜上的香烟盒纸片，或者是人已经老了，在青年结婚时，亲朋们所送的麒麟送子"中堂"。

这里没有画廊，没有陈列馆，没有画展。要得到这种大规模的、能饱眼福的欣赏机会，就只有年集。年集就是新年之前的集市。赶年集和赶庙会，是童年时代最令人兴奋的事。在年集上，买完了鞭炮，就可以去看画了。那些小贩，把他们的画张挂在人家的闲院里，或是停放大车的门洞里。看画的人多，买画的人少，他并不见怪，小孩们他也不撵，很有点开展览会的风度。他同时卖神像，例如"天地""老爷""灶马"之类。神画销路最大，因为这是每家每户都要悬挂供奉的。

我在童年时，所见的画，还都是木板水印，有单张的，有四联的。稍大时，则有了石印画，多是戏剧，把梅兰芳印上去，还有娃娃京戏，精彩多了。等我离开家乡，到了城市，见到的多是所谓月份牌画，印刷技术就更先进了，都是时装大美人儿。

在年集上，一位年岁大的同学，曾经告诉我：你如果去捅一下卖画人的屁股，他就会给你拿出一种叫作"手卷"的秘画，也叫"山西灶马"，好看极了。

我听来，他这些说法，有些不经，也就没有去尝试。

我没有机会欣赏更多的、更高级的美术作品，我所接触的，只能说是民间的、低级的。但是，千家万户的年画，给了我很多知识，使我知道了很多故事，特别是戏曲方面的故事。

后来，我学习文学，从书上，从杂志上，看到一些美术作品。就在我生活最不安定，最困难的时候，我的书箱里，我的案头，我的住室墙壁上，也总有一些画片。它们大多是我从杂志上裁下的。

对于我钦佩的人物，比如托尔斯泰、契诃夫、高尔基，比如鲁迅，比如丁玲同志，比如阮玲玉，我都保存了他们的很多照片或是画像。

进城以后，本来有机会去欣赏一些名画，甚至可以收集一些名人的画了。但是，因为我外行，有些吝啬，又怕和那些古董商人打交道，所以没有做到。有时花很少的钱，在早市买一两张并非名人的画，回家挂两天，厌烦了，就卖给收破烂的，于是这些画就又回到了早市去。

一九六一年，黄胄同志送给我一张画，我托人拿去裱好了，挂在房间里，上面是一个维吾尔少女牵着一匹毛驴，下面还有一头大些的驴，和一头驴驹。一九六二年，我又转请吴作人同志给我画了三头骆驼，一头是近景，两头是远景，题曰《大漠》。也托人裱好，珍藏起来。

一九六六年，运动一开始，黄胄同志就受到“批判”。因为他的作品，家喻户晓，他的“罪名”，也就妇孺皆知。家里人把画摘下来了。一天，我出去参加学习，机关的造反人员来抄家，一见黄胄的毛驴不在墙上了，就大怒，到处搜索。搜到一张画，展开不到半截，就摔在地下，喊：“黑画有了！”其实，那不是毛驴，而是骆驼，真是驴唇不对马嘴。就这样把吴作人同志画的三头骆驼牵走了，三匹小毛驴仍留在家中。

运动渐渐平息了。我想念过去的一些友人。我写信给好多年不通音讯的彦涵同志，问候他的起居，并请他寄给我一张画。老朋友富于感情，他很快就寄给我那幅有名的木刻《老羊倌》，并题字用章。

我求人为这幅木刻做了一个镜框，悬挂在我的住房的正墙当中。

不久，"四人帮"在北京举办了别有用心的"黑画展览"，这是他们继小靳庄之后发动的全国性展览。

机关的一些领导人，要去参观，也通知我去看看，说有车，当天可以回来。

我有十二年没有到北京去了，很长时间也看不到美术作品，就答应了。

在路上停车休息时，同去的我的组长，轻声对我说："听说彦涵的画展出的不少哩！"我没有答话。他这是知道我房间里挂有彦涵的木刻，对我提出的善意警告。

到了北京美术馆门前，真是和当年的小靳庄一样，车水马龙，人山人海。"四人帮"别无能为，但善于巧立名目，用"示众"的方式蛊惑人心。人们像一窝蜂一样往里面拥挤。这种场合，这种气氛，我都不能适应。我进去了五分钟，只是看了看彦涵同志那些作品，就声称头疼，钻到车里去休息了。

夜晚，我们从北京赶回来，车外一片黑暗。我默默地想：彦涵同志以其天赋之才，在政治上受压抑多年，这次是应国家需要，出来画些画。他这样努力、认真、精心地工作，是为了对人民有所贡献，有所表现。"四人帮"如此对待艺术家的良心，就是直接侮辱了人民之心。回到家来，我面对着那幅木刻，更觉得它可珍贵了。上面刻的是陕北一带的牧羊老人，他手里抱着一只羊羔，身边站立着一只老山羊。牧羊人的呼吸，与塞外高原的风云相通。

这幅木刻，一直悬挂着，并没有摘下。这也是接受了多年的经验教训：过去，我们太怯弱了，太驯服了，这样就助长了那些政治骗子的野心，他们以为人民都是阿斗，可以玩弄于他们的股掌之上。几乎把艺术整个毁灭，也几乎把我们全部葬送。

我是好做梦的，好梦很少，经常是噩梦。有一天夜晚，我梦见我把自己画的一幅画，交给中学时代的美术老师，老师称赞了我，并说要留作成绩，准备展览。

那是一幅很简单的水墨画：秋风败柳，寒蝉附枝。

我很高兴，叹道：我的美术，一直不及格，现在，我也有希望当个画家了。随后又有些害怕，就醒来了。

其实，按照弗洛伊德学说，这不过是一连串零碎意识、印象的偶然的组合，就像万花筒里出现的景象一样。

1979 年 5 月

戏的梦

　　大概是一九七二年春天吧，我"解放"已经很久了，但处境还很困难，心情也十分抑郁。于是决心向领导打一报告，要求回故乡"体验生活，准备写作"。幸蒙允准。一担行囊，回到久别的故乡，寄食在一个堂侄家里。乡亲们庆幸我经过这么大的"运动"，安然生还，亲戚间也携篮提壶来问。最初一些日子，心里得到不少安慰。

　　这次回老家，实际上是像鲁迅说的，有一种动物，受了伤，并不嚎叫，挣扎着回到林子里，倒下来，慢慢自己去舔那伤口，求得痊愈和平复。

　　老家并没有什么亲人，只有叔父，也八十多岁了。又因为青年时就远离乡土，村子里四十岁以下的人，对我都视若陌生。

　　这个小村庄，以林木著称，四周大道两旁，都是钻天杨，已长成材。此外是大片大片柳杆子地，以经营农具和编织副业。靠近村边，还有一些果木园。

　　侄子喂着两只山羊，需要青草。烧柴也缺。我每天背上一个柳条大筐，在道旁砍些青草，或是捡些柴棒。有时到滹沱河的大堤上去望望，有时到附近村庄的亲戚家走走。

又听到了那些小鸟叫；又听到了那些草虫叫；又在柳林里拣到了鸡腿蘑菇；又看到了那些黄色紫色的野花。

一天中午，我从野外回来，侄子告诉我，镇上传来天津电话，要我赶紧回去，电话听不清，说是为了什么剧本的事。

侄子很紧张，他不知大伯又出了什么事。我一听是剧本的事，心里就安定下来，对他说：

"安心吃饭吧，不会有什么变故。剧本，我又没发表过剧本，不会再受批判的。"

"打个电话去问问吗？"侄子问。

"不必了。"我说。

隔了一天，我正送亲戚出来，街上开来一辆吉普车，迎面停住了。车上跳下一个人，是我的组长。他说，来接我回天津，参加创作一个京剧剧本。各地都有"样板戏"了，天津领导也很着急。京剧团原有一个写抗日时期白洋淀的剧本，上不去。因我写过白洋淀，有人推荐了我。

组长在谈话的时候，流露着一种神色，好像是为我庆幸：领导终于想起你来了。老实讲，我没有注意去听这些。剧本上不去找我，我能叫它上去？我能叫它成了样板戏？

但这是命令，按目前形势，它带有半强制的性质。第二天我们就回天津了。

　　回到机关，当天政工组就通知我，下午市里有首长要来，你不要出门。这一通知，不到半天，向我传达三次。我只好在办公室呆呆坐着。首长没有来。

　　第二天，工作人员普遍检查身体。内、外科，脑系科，耳鼻喉科，楼上楼下，很费时间。我正在检查内科的时候，组里来人说：市文教组负责同志来了，在办公室等你。我去检查外科，又来说一次，我说还没检查牙。他说快点吧，不能叫负责同志久等。我说，快慢在医生那里，我不能不排队呀。

　　医生对我的牙齿很夸奖了一番，虽然有一颗已经叫虫子吃断了。医生向旁边几个等着检查的人说：

　　"你看，这么大的年岁，牙齿还这样整齐，卫生工作一定做得好。运动期间，受冲击也不太大吧？"

　　"唔。"我不知道牙齿整齐不整齐，和受冲击大小，有何关联，难道都要打落两颗门牙，才称得上脱胎换骨吗？我正惦着楼上有负责同志，另外，嘴在张着，也说不清楚。

　　回到办公室，组长已经很着急了。我一看，来人有四五位。其中有一个熟人老王，向一位正在翻阅报纸的年轻人那里努努嘴。暗示那就是负责同志。

　　他们来，也是告诉我参加剧本创作的事。我说知道了。

　　过了两天，市里的女文教书记，真的要找我谈话了，只是改了地点，叫我到市委机关去。这当然是隆重大典，我们的主任不放心，亲自陪我去。

在一间不大不小的会议室里，我坐了下来。先进来一位穿军装的，不久女书记进来了。我和她在延安做过邻居，过去很熟，现在地位如此悬殊，我既不便放肆，也不便巴结。她好像也有点矛盾，架子拿得太大，固然不好意思，如果一点架子也不拿，则对于旁观者，起码有失威信。

总之，谈话很简单，希望我帮忙搞搞这个剧本。我说，我没有写过剧本。

"那些样板戏，都看了吗?"她问。

"唔。"我回答。其实，罪该万死，虽然在这些年，样板戏以独霸中夏的势焰，充斥在文、音、美、剧各个方面，直到目前，我还没有正式看过一出、一次。因为我已经有十几年不到剧场去了，我有一个收音机，也常常不开。这些年，我特别节电。

一天晚上，去看那个剧本的试演。见到几位老熟人，也没有谈什么，就进了剧场。剧场灯光暗淡，有人扶持了我。

这是一本写白洋淀抗日斗争的京剧。过去，我是很爱好京剧的，在北京当小职员时，经常节衣缩食，去听富连成小班。有些年，也很喜欢唱。

今晚的印象是:两个多小时，在舞台上，我既没有能见到白洋淀当年抗日的情景，也没有听到我所熟悉的京戏。

这是"京剧革命"的产物。它追求的，好像不是真实地再现历史，也不是忠实地继承京剧的传统，包括唱腔和音乐。它所追求的，是要和样板戏"形似"，即模仿"样板"。它的表现特点为:追求电影场面，采取电影手法，追求大的、五光十色的、大轰大闹、大哭大叫的群众场面。它变单纯的音乐为交响乐队，瓦釜雷鸣。它的唱腔，高亢而凄厉，冗长而无味，缺乏真正的感情。演员完全变成了政治口号的传声筒，因此，主角完全是被动的、矫揉造作的，是非常吃力、也非常痛苦的。繁重的唱段，连续的武打，使主角声嘶力竭，假如不是青年，她会不终曲而当场晕倒。

戏剧演完，我记不住整个故事的情节，因为它的情节非常支离；也唤不起我有关抗日战争的回忆，因为它所写的抗日战争，完全不是那么回事，甚至可以说是不着边际。整个戏锣鼓喧天，枪炮齐鸣，人出人进，乱乱哄哄。不知其何以开始，也不知其何以告终。

第二天，在中国大戏院休息室，开座谈会，我准备了一个发言提纲。参加会的人很不少，除去原有创作组、主要演员、剧团负责人，还有文化局负责人、文化口军管负责人。《天津日报》还派去了一位记者。

我坐在那里，斟酌我的发言提纲。忽然，坐在我旁边的文化局负责人，推了我一下。我抬头一看，女书记进来了，全场的人都站了起来，我也跟着站了起来。女书记在我身边坐下，会议开始。

在会上，我谈了对这个戏的印象，说得很缓和，也很真诚。并谈了对修改的意见，详细说明当时冀中区和白洋淀一带，抗日战争的形势，人民斗争的特点，以及敌人对这一地区残酷"扫荡"的情况。

大概是因为我讲的时间长了一些，别的人没有再讲什么，女书记做了一些指示，就散会了。

后来我才知道，昨天没有人讲话，并不是同意了我的意见。在以后只有创作组人员参加的讨论会上，旧有成员，开始提出了反对意见，并使我感到，这些反对意见，并不纯粹属于创作方面，而是暗示：一、他们为这个剧本，已经付出了很长的时间和很大的精力，如果按照我的主张，他们的剧本就要从根本上推翻。二、不要夺取他们创作样板戏可能得到的功劳。三、我是刚刚受过批判的人物，能算老几。

我从事文艺工作，已经有几十年。所谓名誉，所谓出风头，也算够了。这些年，所遭凌辱，正好与它们抵消。至于把我拉来写唱本，我也认为是修废利日，并不感到委屈。因此，我对这些富于暗示性的意见，并不感到伤心，也不感到气愤。它使我明白了文艺创作的现状。使我奇怪的是，这个创作组，曾不止一次到白洋淀一带，体验生活，进行访问，并从那里弄来一位当年的游击队长，长期参与他们的创作活动。为什么如此无视抗日战争的历史和现实呢？这位游击队长，战斗英雄，为什么也尸位素餐，不把当年的历史情况和自己的亲身经历，告诉他们呢？

后来我才明白，一些年轻人，一些"文艺革命"战士，只是一心要"革命"，一心创造样板，已经迷了心窍，是任何意见也听不进去的。

不知为了什么，军管人员在会上支持我的工作，因此，剧本讨论仍在进行。

这就是目前大为风行的集体创作：每天大家坐在一处开会，今天你提一个方案，明天他提一个方案，互相抵消，一事无成。积年累月，写不出什么东西，就不足为怪了。

夏季的时候，我们到白洋淀去。整个剧团也去，演出现在的剧本。

我们先到新安，后到王家寨，这是淀边上一个比较大的村庄。我住在村南头（也许不准确，因为我到了白洋淀，总是转向，过去就发生过方向错误）一间新盖的、随时可以放眼水淀的、非常干净的小房里。

房东是个老实的庄稼人。他的爱人，比他年轻好多，非常精明。他家有几个女儿，都长得秀丽，又都是编席快手，一家人生活很好。但是，大姑娘已经年近三十，还没有订婚，原因是母亲不愿失去她这一双织席赚钱的巧手。大姑娘终日默默不语。她的处境，我想会慢慢影响下面那几个逐年长大的妹妹。母亲固然精明，这个决策，未免残酷了一点。

在这个村庄，我还认识了一位姓魏的干部。他是专门被派来招呼剧团的，在这一带是有名的"瞎架"。起先，我不知道这个词儿，后来才体会到，就是好摊事管事的人。凡是大些的村庄，要见世面，总离不开这种人。因为村子里的猪只到处跑，苍蝇到处飞，我很快就拉起痢来，他对我照顾得很周到。

住了一程子，我们又到了郭里口。这是淀里边的一个村庄，当时在生产上，好像很有点名气，经常有人参观。

在大队部，村干部为我们举行了招待会，主持会的是村支部宣传委员刘双库。这个小伙子，听说在新华书店工作过几年，很有口才，还有些派头。

当介绍到我，我说要向他学习时，他大声说："我们现在写的白洋淀，都是从你的书上抄来的。"使我大吃一惊。后来一想，他的话恐怕有所指吧。

当天下午，我们坐船去参观了他们的"围堤造田"。现在，白洋淀的水，已经很浅了，湖面越来越小。芦苇的面积，也有很大缩减，荷花淀的规模，也大不如从前了。正是荷花开放的季节，我们的船从荷丛中穿过去。淀里的水，不像过去那样清澈，水草依然在水里浮荡，水禽不多，鱼也很少了。

确是用大堤围起了一片农场。据说，原是同口陈调元家的苇荡。

实际上是苇荡遭到了破坏。粮食的收成，不一定抵得上苇的收成，围堤造田，不过是个新鲜名词。所费劳力很大，肯定是得不偿失的。

随后，又组织了访问。因为剧本是女主角，所以访问了抗日战争时期的几位妇救会员，其中一位名叫曹真。她已经四十多岁了。她的穿着打扮，还是三十年代式：白夏布短衫，长发用一只卡子束拢，搭在背后。抗日时，她是一位十八九岁的姑娘，在芦苇淀中的救护船上，她曾多次用嘴哺喂那些伤员。她的相貌，现在看来，也可以说是冀中平原的漂亮人物，当年可想而知。

她在二十岁时，和一个区干部订婚，家里常常掩护抗日人员。就在这年冬季，敌人抓住了她的丈夫，在冰封的白洋淀上，砍去了他的头颅。她，哭喊着跑去，收回丈夫的尸首掩埋了。她还是做抗日工作。

全国胜利以后，她进入中年，才和这村的一个人结了婚。她和我谈过往事，又说：胜利以后，村里的宗派斗争，一直很厉害，前些年，有二十六名老党员，被开除党籍，包括她在内。现在，她最关心的，是什么时候才能解决她们的组织问题。她知道，我是无能为力的，她是知道这些年来老干部的处境的。但是，她愿意和我谈谈，因为她知道我曾经是抗日战士，并写过这一带的抗日妇女。

在她面前，我深感惭愧。自从我写过几篇关于白洋淀的文章，各地读者都以为我是白洋淀人，其实不是，我的家离这里还很远。

另外，很多读者，都希望我再写一些那样的小说。读者同志们，我向你们抱歉，我实在写不出那样的小说来了。这是为什么？我自己也说不出。我只能说句良心话，我没有了当年写作那些小说时的感情，我不愿用虚假的感情，去欺骗读者。那样，我就对不起坐在对面的曹真同志。她和她的亲人，在抗日战争时期，是流过真正的血和泪的。

这些年来，我见到和听到的，亲身体验到的，甚至刻骨镂心的，是另一种现实，另一种生活。它与抗日战争时期的现实生活，大不一样，甚至相反。抗日战争，是中国共产党领导的一种神圣的战争。人民做出了重大的牺牲。他们的思想、行动升到无比崇高的境界。生活中极其细致的部分，也充满了可歌可泣的高尚情操。

这些年来，林彪等人，这些政治骗子，把我们的党，我们的国家，我们的干部和人民，践踏成了什么样子！他们的所作所为，反映到我脑子里，是虚伪和罪恶。这种东西太多了，它们排挤、压抑，直至销毁我头脑中固有的，真善美的思想和感情。这就像风沙摧毁了花树，粪便污染了河流，鹰枭吞噬了飞鸟。善良的人们，不要再责怪花儿不开、鸟儿不叫吧！它受的伤太重了，它要休养生息，它要重新思考，它要观察气候，它要审视周围。

我重游白洋淀，当然想到了抗日战争。但是这一战争，在我心里好像是很久很久以前的事了。它好像是在前一生经历的，也好像是在昨夜梦中经历的。许多兄弟，在战争中死去了，他们或者要渐渐被人遗忘。另有一部分兄弟，是在前几年含恨死去的，他们临死之前，一定也想到过抗日战争。

世事的变化，常常是出于人们意料之外的。每个时代，有每个时代的血和泪。

坐在我面前的女战士，她的鬓发已经白了，她的脸上，有很深的皱纹，她的心灵之上，有很重的创伤。

假如我把这些感受写成小说，那将是另一种面貌，另一种风格。我不愿意改变我原来的风格，因此，我暂时决定不写小说。

但是现在，我身不由主，我不得不参加这个京剧脚本的讨论。我们回到天津，又讨论了很久，还是没有结果。我想出一个金蝉脱壳之计：自己写一个简单脚本，交上去，声明此外已无能为力。

我对京剧是外行，又从不礼拜甚至从不理睬那企图支配整个民族文化的"样板戏"，剧团当然一字一句也没有采用我的剧本。

1979 年 5 月 25 日

乡里旧闻

木匠的女儿

这个小村庄的主要街道，应该说是那条东西街，其实也不到半里长。街的两头，房舍比较整齐，人家过得比较富裕，接连几户都是大梢门。

进善家的梢门里，分为东西两户，原是兄弟分家，看来过去的日子，是相当势派的，现在却都有些没落了。进善的哥哥，幼年时念了几年书，学得文不成武不就，种庄稼不行，只是练就一笔好字，村里有什么文书上的事，都是求他。也没有多少用武之地，不过红事喜帖，白事丧榜之类。进善幼年就赶上日子走下坡路，因此学了木匠，在农村，这一行业也算是高等的，仅次于读书经商。

他是在束鹿旧城学的徒。那里的木匠铺，是远近几个县都知名的，专做嫁妆活。凡是地主家聘姑娘，都先派人丈量男家居室，陪送木器家具。只有内间的叫作半套，里外两间都有的叫作全套。原料都是杨木，外加大漆。

学成以后，进善结了婚，就回家过日子来了。附近村庄人家有些零星木活，比如修整梁木、打做门窗、成全棺材，就请他去做，除去工钱，饭食都是好的，每顿有两盘菜，中午一顿还有酒喝。闲时还种几亩田地，不误农活。

可是，当他有了一儿一女以后，他的老婆因为过于劳累，得肺病死去了。当时两个孩子还小，请他家的大娘带着，过不了几年，这位大娘也得了肺病，死去了。进善就得自己带着两个孩子，这样一来，原来很是精神利索的进善，就一下变得愁眉不展，外出做活也不方便，日子也就越来越困难了。

女儿是头大的，名叫小杏。当她还不到十岁，就帮着父亲做事了，十四五岁的时候，已经出息得像个大人。长得很俊俏，眉眼特别秀丽，有时在梢门口大街上一站，身边不管有多少和她年岁相仿的女孩儿们，她的身条容色，都是特别引人注目的。

贫苦无依的生活，在旧社会，只能给女孩子带来不幸。越长得好，其不幸的可能就越多。她们那幼小的心灵，先是向命运之神应战，但多数终归屈服于它。在绝望之余，她从一面小破镜中，看到了自己的容色，她现在能够仰仗的只有自己的青春。

她希望能找到一门好些的婆家，但等她十七岁结了婚，不只丈夫不能叫她满意，那位刁钻古怪的婆婆，也实在不能令人忍受。她上过一次吊，被人救了下来，就长年住在父亲家里。

虽然这是一个不到一百户的小村庄，但它也是一个社会。它有贫穷富贵，有尊荣耻辱，有士农工商，有兴亡成败。

进善常去给富裕人家做活，因此结识了那些人家的游手好闲的子弟。其中有一家在村北头开油坊的少掌柜，他常到进善家来，有时在夜晚带一瓶子酒和一只烧鸡，两个人喝着酒，他撕一些鸡肉叫小杏吃。不久，就和小杏好起来。赶集上庙，两个人约好在背静地方相会，少掌柜给她买个烧饼裹肉，或是买两双袜子送给她。虽说是少女的纯洁，虽说是廉价的爱情，这里面也有倾心相与，也有引诱抗拒，也有风花雪月，也有海誓山盟。

女人一旦得到依靠男人的体验，胆子就越来越大，羞耻就越来越少。就越想去依靠那钱多的，势力大的，这叫作一步步往上依靠，灵魂一步步往下堕落。

她家对门有一位在县里当教育局长的，她和他靠上了，局长回家，就住在她家里。

一九三七年，这一带的国民党政府逃往南方，局长也跟着走了。成立了抗日县政府，组织了抗日游击队。抗日县长常到这村里来，有时就在进善家吃饭住宿。日子长了，和这一家人都熟识了，小杏又和这位县长靠上，她的弟弟给县长当了通讯员，背上了盒子枪。

一九三八年冬天，日本人占据了县城。屯集在河南省的国民党军队张荫梧部，正在实行曲线救国，配合日军，企图消灭八路军。那位局长，跟随张荫梧多年了，有一天，又突然回到了村里。他回到村庄不多几天，县城的日军和伪军，"扫荡"了这个村庄，把全村的男女老少集合到大街上，在街头一棵槐树上，烧死了抗日村长。日本人在各家搜索时，在进善的女儿房中，搜出一件农村少有的雨衣，就吊打小杏，小杏说出是那位局长穿的，日本人就不再追究,回县城去了。日本人走时,是在黄昏,人们惶惶不安地刚吃过晚饭,就听见街上又响起枪来。随后,在村东野外的高沙岗上,传来了局长呼救的声音。好像他被绑了票,要乡亲们快凑钱搭救他。深夜,那声音非常凄厉。这时,街上有几个人影,打着灯笼,挨家挨户借钱,家家都早已插门闭户了。交了钱,并没得买下局长的命,他被枪毙在高岗之上。

有人说,日本这次"扫荡",是他勾引来的,他的死刑是"老八"执行的。他一回村,游击组就向上级报告了。可是,如果他不是迷恋小杏,早走一天,可能就没事……

日本人四处安插据点,在离这个村庄三里地的子文镇,盖了一个炮楼,形势一天比一天紧张,我们的主力西撤了。汉奸活跃起来,抗日政权转入地下,抗日县长,只能在夜间转移。抗日干部被捕的很多,有的叛变了。有人在夜里到小杏家,找县长,并向他劝降。这位不到二十岁的县长,本来是个纨绔子弟,经不起考验,但他不愿明目张胆地投降日本,通过亲戚朋友,到敌占区北平躲身子去了。

小杏的弟弟,经过一些坏人的引诱怂恿,带着县长的两支枪,投降了附近的炮楼,当了一名伪军。他是个小孩子,每天在炮楼下站岗,附近三乡五里,都认识他,他却坏下去得很快,敲诈勒索,以至奸污妇女。他那好吃懒做的大伯,也仗着侄儿的势力,在村中不安分起来。在一九四三年以后,根据地形势稍有转机时,八路军夜晚把他掏了出来,枪毙示众。

小杏在二十九岁上,经历了这些生活感情上的走马灯似的动

乱、打击，得了她母亲那样致命的疾病，不久就死了。她是这个
小小村庄的一代风流人物。在烽烟炮火的激荡中，她几乎还没有
来得及觉醒，她的花容月貌，就悄然消失，不会有人再想到她。

进善也很快就老了。但他是个乐天派，并没有倒下去。一九四
五年，抗日战争胜利，县里要为死难的抗日军民，兴建一座纪念
塔，在四乡搜罗能工巧匠。虽然他是汉奸家属，但本人并无罪行。
村里推荐了他，他很高兴地接受了雕刻塔上飞檐门窗的任务。这些
都是木工细活，附近各县，能有这种手艺的人，已经很稀少了。塔
建成以后，前来游览的人，无不对他的工艺啧啧称赞。

工作之暇，他也去看了看石匠们，他们正在叮叮当当，在大
石碑上，镌刻那些抗日烈士的不朽芳名。

回到家来，他孤独一人，不久就得了病，但人们还常见他挂
着一根木棍出来，和人们说话。不久，村里进行土地改革，他过
去相好那些人，都被划成地主或富农，他也不好再去找他们。又
过了两年，才死去了。

1980 年 9 月 21 日晨

老刁

老刁，河北深县人。他从小在外祖父家长大，外祖父家是安
平县。他在保定育德中学读书时，就把安平人引为同乡。我比他
低两年级，他对幼小同乡，尤其热情。他有一条腿不大得劲，长
得又苍老，那时人们就都叫他老刁。

他在育德中学的师范班毕业以后，曾到安新冯村，教过一年书，后来到北平西郊的黑龙潭小学教书。那时我正在北平失业，曾抱着一本新出版的《死魂灵》，到他那里住了两天。

有一年暑假，我们为了找职业都住在保定母校的招待楼里，那是一座碉堡式的小楼。有一天，他同另一位同学出去，回来时，非常张皇，说是看见某某同学被人捕去了。那时捕去的学生，都是共产党。

过了几年，爆发了抗日战争。一九三九年春天，我同陈肇同志，要过路西去，在安平县西南地区，遇到了他。当听说他是安平县的"特委"时，我很惊异。我以为他还在北平西郊教书，他怎么一下子弄到这么显赫的头衔。那时我还不是党员，当然不便细问。因为过路就是山地，我同老陈把我们骑来的自行车交给他，他给了我们一人五元钱，可见他当时经济上的困难。

那一次，我只记得他说了一句：

"游击队正在审人打人，我在那里坐不住。"

敌人占了县城，我想可能审讯的是汉奸嫌疑犯吧。

一九四一年，我从山地回到冀中。第二年春季，我又要过路西去，在七地委的招待所，见到了他。当时他好像很不得意，在我的住处坐了一会儿就走了。这也使我很惊异，怎么他一下又变得这么消沉？

一九四六年夏天，抗日战争早已结束，我住在河间临街的一间大梢门洞里。有一天下午，我正在街上闲立着，从西面来了一辆大车，后面跟着一个人，脚一拐一拐的，一看正是老刁。我把他拦请到我的床位上，请他休息一下。记得他对我说，要找一个人，给他写个历史证明材料。他问我知道不知道安志诚先生的地址，安先生原是我们的中学时的图书馆管理员。我说，我也不知道他的住处，他就又赶路去了，我好像也忘记问他，是要到哪里去。看样子，他在一直受审查吗？

又一次我回家，他也从深县老家来看我，我正想要和他谈谈，正赶上我母亲那天叫磨扇压了手，一家不安，他匆匆吃过午饭就告辞了。我往南送他二三里路，他的情绪似乎比上两次好了一些。他说县里可能分配他工作。后来听说，他在县公安局三股工作，我不知道公安局的分工细则，后来也一直没有见过他。没过两年，就听说他去世了。也不过四十来岁吧。

我的老伴对我说过，抗日战争时期，我不在家，有一天老刁到村里来了，到我家看了看，并对村干部们说，应该对我的家庭，有些照顾。他带着一个年轻女秘书，老刁在炕上休息，头枕在女秘书的大腿上。老伴说完笑了笑。一九四八年，我到深县县委宣传部工作。县里开会时，我曾托区干部对老刁的家庭，照看一下。我还曾路过他的村庄，到他家里去过一趟。院子里空荡荡的，好像并没有找到什么人。

事隔多年，我也行将就木，觉得老刁是个同学又是朋友，常常想起他来，但对他参加革命的前前后后，总是不大清楚，像一个谜一样。

1980 年 9 月 21 日晚

菜虎

东头有一个老汉，个儿不高，膀乍腰圆，卖菜为生。人们都叫他菜虎，真名字倒被人忘记了。这个虎字，并没有什么恶意，不过是说他以菜为衣食之道罢了。他从小就干这一行，头一天推车到滹沱河北种菜园的村庄趸菜，第二天一早，又推上车子到南边的集市上去卖。因为南边都是旱地种大田，青菜很缺。

那时用的都是独木轮高脊手推车，车两旁捆上菜，青枝绿叶，远远望去，就像一个活的菜畦。

一车水菜分量很重，天暖季节他总是脱掉上衣，露着油黑的身子，把绊带套在肩上。遇见沙土道路或是上坡，他两条腿叉开，弓着身子，用全力往前推，立时就是一身汗水。但如果前面是硬整的平路，他推得就很轻松愉快了，空行的人没法赶过他去。也不知道他怎么弄的，那车子发出连续的有节奏的悠扬悦耳的声音，——吱扭——吱扭——吱扭扭——吱扭扭。他的臀部也左右有节奏地摆动着。这种手推车的歌，在我幼年的记忆中，留下了深刻的印象。这是田野里的音乐，是道路上的歌，是充满希望的歌。有时这种声音，从几里地以外就能听到。他的老伴，坐在家里，这种声音从离村很远的路上传来。有人说，菜虎一过河，离家还有八里路，他的老伴就能听见他推车的声音，下炕给他做饭，等他到家，饭也就熟了。在黄昏炊烟四起的时候，人们一听到这声音，就说："菜虎回来了。"

有一年七月，滹沱河决口，这一带发了一场空前的洪水，庄稼全都完了，就是半生半熟的高粱，也都冲倒在地里，被泥水浸泡着。直到九、十月间，已经下过霜，地里的水还没有撤完，什么晚庄稼也种不上，种冬麦都有困难。这一年的秋天，颗粒不收，人们开始吃村边树上的残叶，剥下榆树的皮，到泥里水里捞泥高粱穗来充饥，有很多小孩到撤过水的地方去挖地梨，还挖一种泥块，叫作"胶泥沉儿"，是比胶泥硬，颜色较白的小东西，放在嘴里吃。这原是营养植物的，现在用来营养人。

人们很快就干黄干瘦了，年老有病的不断死亡，也买不到棺木，都用席子裹起来，找干地方暂时埋葬。那年我七岁，刚上小学，小学也因为水灾放假了，我也整天和孩子们到野地里去捞小鱼小虾，捕捉蚂蚱、蝉和它的原虫，寻找野菜，寻找所有绿色的、可以吃的东西。常在一起的，就有菜虎家的一个小闺女，叫作盼儿的。因为她母亲有痨病，长年喘嗽，这个小姑娘长得很瘦小，可是她很能干活，手脚利索，眼快；在这种生活竞争的场所，她常常大显身手，得到较多较大的收获，这样就会有争夺，比如一个蚂蚱、一棵野菜，是谁先看见的。

孩子们不懂事，有时问她：

"你爹叫菜虎，你们家还没有菜吃？还挖野菜？"

她手脚不停地挖着土地，回答：

"你看这道儿，能走人吗？更不用说推车了，到哪里去趸菜呀？一家人都快饿死了！"

　　孩子们听了，一下子就感到确实饿极了，都一屁股坐在泥地上，不说话了。

　　忽然在远处高坡上，出现了几个外国人，有男有女，男的穿着中国式的长袍马褂，留着大胡子，女的穿着裙子，披着金黄色的长发。

　　"鬼子来了。"孩子们站起来。

　　作为庚子年这一带义和团抗击洋人失败的报偿，外国人在往南八里地的义里村，建立了一座教堂，但这个村庄没有一家在教。现在这些洋人是来视察水灾的。他们走了以后，不久在义里村就设立了一座粥厂。村里就有不少人到那里去喝粥了。

　　又过了不久，传说菜虎一家在了教。又有一天，母亲回到家来对我说：

　　"菜虎家把闺女送给了教堂，立时换上了洋布衣裳，也不愁饿死了。"我当时听了很难过，问母亲：

　　"还能回来吗?"

　　"人家说，就要带到天津去呢，长大了也可以回家。"母亲回答。

　　可是直到我离开家乡，也没见这个小姑娘回来过。我也不知道外国人一共收了多少小姑娘，但我们这个村庄确实就只有她一个人。

　　菜虎和他多病的老伴早死了。

　　现在农村已经看不到菜虎用的那种小车，当然也就听不到它那种特有的悠扬悦耳的声音了。现在的手推车都换成了胶皮轱辘，推动起来，是没有多少声音的。

1980 年 9 月 29 日晨

光棍

　　幼年时，就听说大城市多产青皮、混混儿，斗狠不怕死，在茫茫人海中成为谋取生活的一种道路。但进城后，因为革命声势，此辈已销声敛迹，不能见其在大庭广众之中，行施其伎俩。十年动乱之期，流氓行为普及里巷，然已经"发迹变态"，似乎与前所谓混混儿者，性质已有悬殊。

　　其实，就是在乡下，也有这种人物的。十里之乡，必有仁义，也必有歹徒。乡下的混混儿，名叫光棍。一般的，这类人幼小失去父母，家境贫寒，但长大了，有些聪明，不甘心受苦。他们先从赌博开始，从本村赌到外村，再赌到集市庙会。他们能在大戏台下，万人围聚之中，吆三喝四，从容不迫，旁若无人，有多大的输赢，也面不改色。当在赌场略略站住脚步，就能与官面上勾结，也可能当上一名巡警或是衙役。从此就可以包办赌局，或窝藏娼妓。这是顺利的一途。其在赌场失败者，则可以下关东，走上海，甚至报名当兵，在外乡流落若干年，再回到乡下来。

　　我的一个远房堂兄，幼年随人到了上海，做织布徒工。失业后，没有饭吃，他趸了几个西瓜到街上去卖，和人争执起来，他手起刀落，把人家头皮砍破，被关押了一个月。出来后，在上海青红帮内，也就有了小小的名气。但他究竟是一个农民，家里还有一点点恒产，不到中年就回家种地，也娶妻生子，在村里很是安分。这是偶一尝试，又返回正道的一例，自然和他的祖祖辈辈的"门风"有关。

在大街当中，有一个光棍名叫老索，他中年时官至县城的巡警，不久废职家居，养了一笼画眉。这种鸟儿，在乡下常常和光棍做伴，可能它那种霸气劲儿，正是主人行动的陪衬。

老索并不鱼肉乡里，也没人去招惹他。光棍一般的并不在本村为非作歹，因为欺压乡邻，将被人瞧不起，已经够不上光棍的称号。但是，到外村去闯光棍，也不是那么容易。相隔一里地的小村庄，有一个姓曹的光棍，老索和他有些输赢账。有一天，老索喝醉了，拿了一把捅猪的长刀，找到姓曹的门上。声言："你不还账，我就捅了你。"姓曹的听说，立时把上衣一脱，拍着肚脐说："来，照这个地方。"老索往后退了一步，说："要不然，你就捅了我。"姓曹的二话不说，夺过他的刀来就要下手。老索转身往自己村里跑，姓曹的一直追到他家门口。乡亲拦住，才算完事。从这一次，老索的光棍，就算"栽了"。

他雄心不死，他把希望寄托在下一代，他生了三个儿子，起名虎、豹、熊。姓曹的光棍穷得娶不上妻子，老索希望他的儿子能重新建立他失去的威名。

三儿子很早就得天花死去了，少了一个熊。大儿子到了二十岁，娶了一门童养媳，二儿子长大了，和嫂子不清不楚。有一天，弟兄两个打起架来，哥哥拿着一根粗大杠，弟弟用一把小鱼刀，把哥哥刺死在街上。在乡下，一时传言，豹吃了虎。村里怕事，仓促出了殡，民不告，官不究，弟弟到关东去躲了二年，赶上抗日战争，才回到村来。他真正成了一条光棍。那时村里正在成立农会，声势很大，村两头闹派性，他站在西头一派，有一天，在大街之上，把新任的农会主任，撞倒在地。在当时，这一举动，完全可以说成是长地富的威风，但一查他的三代，都是贫农，就对他无可奈何。我们有很长时期，是以阶级斗争代替法律的。他和嫂嫂同居，一直到得病死去。他嫂子现在还活着，有一年我回家，清晨路过她家的小院，看见她开门出来，风姿虽不及当年，并不见有什么愁苦。

这也是一种门风，老索有一个堂房兄弟名叫五湖。我幼年时，他在街上开小面铺，兼卖开水。他用竹簪把头发盘在头顶上，就像道士一样。他养着一匹小毛驴，就像大个山羊那么高，但鞍镫铃铛齐全，打扮得很是漂亮。我到外地求学，曾多次向他借驴骑用。

面铺的后边屋子里，住着他的寡嫂。那是一位从来也不到屋子外面的女人，她的房间里，一点光线也没有。她信佛，挂着红布围裙的迎门桌上，长年香火不断。这可能是避人耳目，也可能是忏悔吧。

据老年人说，当年五湖也是因为这个女人把哥哥打死的，也是到关东躲了几年，小毛驴就是从那里骑回来的。五湖并不像是光棍，他一本正经，神态岸然，倒像经过修真养性的人。乡人尝谓：如果当时有人告状，五湖受到法律制裁，就不会再有虎豹间的悲剧。

1980 年 10 月 5 日

报纸的故事

　　一九三五年的春季，我失业家居。在外面读书看报惯了，忽然想订一份报纸看看。这在当时确实近于一种幻想，因为我的村庄，非常小又非常偏僻，文化教育也很落后。例如村里虽然有一所小学校，历来就没有想到订一份报纸。村公所就更谈不上了。而且，我想要订的还不是一种小报，是想要订一份大报，当时有名的《大公报》。这种报纸，我们的县城，是否有人订阅，我不敢断言，但我敢说，我们这个区，即子文镇上是没人订阅过的。

　　我在北京住过，在保定学习过，都是看的《大公报》。现在我失业了，住在一个小村庄，我还想看这份报纸。我认为这是一份严肃的报纸，是一些有学问的，有事业心的，有责任感的人，编辑的报纸。至于当时也是北方出版的报纸，例如《世报》《庸报》，都是不学无术的失意政客们办的，我是不屑一顾的。

　　我认为《大公报》上的文章好。它的社论是有名的，我在中学时，老师经常选来给我们当课文讲。通讯也好，有长江等人写的地方通讯，还有赵望云的风俗画。最吸引我的还是它的副刊，它有一个文艺副刊，是沈从文编辑的，经常登载青年作家的小说和散文。还有小公园，还有艺术副刊。

说实在的，我是想在失业之时，给《大公报》投投稿，而投了稿子去，又看不到报纸，这是使人苦恼的。因此，我异想天开地想订一份《大公报》。

我首先，把这个意图和我结婚不久的妻子说了说。以下是我们的对话实录：

"我想订份报纸。"

"订那个干什么?"

"我在家里闲着很闷，想看看报。"

"你去订吧。"

"我没有钱。"

"要多少钱?"

"订一月，要三块钱。"

"啊!"

"你能不能借给我三块钱?"

"你花钱应该向咱爹去要，我哪里来的钱?"

谈话就这样中断了。这很难说是愉快，还是不愉快，但是我不能再往下说了。因为我的自尊心，确实受了一点损伤。是啊，我失业在家里待着，这证明书就是已经白念了。白念了，就安心在家里种地过日子吧，还要订报。特别是最后这一句："我哪里来的钱?"这对于作为男子汉大丈夫的我，确实是千钧之重的责难之词!

其实，我知道她还是有些钱的，做个最保守的估计，她可能有十五元钱。当然她这十五元钱，也是来之不易的。是在我们结婚的大喜之日，她的"拜钱"。每个长辈，赏给她一元钱，或者几毛钱，她都要拜三拜，叩三叩。你计算一下，十五元钱，她一共要起来跪下，跪下起来多少次啊。

她把这些钱，包在一个红布小包里，放在立柜顶上的陪嫁大箱里，箱子落了锁。每年春节闲暇的时候，她就取出来，在手里数一数，然后再包好放进去。

在妻子面前碰了钉子，我只好硬着头皮去向父亲要，父亲沉吟了一下说：

"订一份《小实报》不行吗?"

我对书籍、报章，欣赏的起点很高，向来是取法乎上的。《小实报》是北平出版的一种低级市民小报，属于我不屑一顾之类。我没有说话，就退出来了。

父亲还是爱子心切，晚上看见我，就说：

"愿意订就订一个月看看吧，集晌多粜一斗麦子也就是了。长了可订不起。"

在镇上集日那天，父亲给了我三块钱，我转手交给邮政代办所，汇到天津去。同时还寄去两篇稿子。我原以为报纸也像取信一样，要走三里路来自取的，过了不久，居然有一个专人，骑着自行车来给我送报了，这三块钱花得真是气派。他每隔三天，就骑着车子，从县城来到这个小村，然后又通过弯弯曲曲的，两旁都是黄土围墙的小胡同，送到我家那个堆满柴草农具的小院，把报纸交到我的手里。上下打量我两眼，就转身骑上车走了。

我坐在柴草上，读着报纸。先读社论，然后是通讯、地方版、国际版、副刊，甚至广告、行情，都一字不漏地读过以后，才珍重地把报纸叠好，放到屋里去。

我的妻子，好像是因为没有借给我钱，有些过意不去，对于报纸一事，从来也不闻不问。只有一次，带着略有嘲弄的神情，问道：

"有了吗?"

"有了什么?"

"你写的那个。"

"还没有。"我说。其实我知道，她从心里是断定不会有的。

直到一个月的报纸看完，我的稿子也没有登出来，证实了她的想法。

这一年夏天雨水大，我们住的屋子，结婚时裱糊过的顶棚、壁纸，都脱落了。别人家，都是到集上去买旧报纸，重新糊一下。那时日本侵略中国，无微不至，他们的旧报，如《朝日新闻》《读卖新闻》，都倾销到这偏僻的乡村来了。妻子和我商议，我们是不是也把屋子糊一下，就用我那些报纸，她说：

"你已经看过好多遍了，老看还有什么意思? 这样我们就可以省下块数来钱，你订报的钱，也算没有白花。"

我听她讲的很有道理，我们就开始裱糊房屋了，因为这是我们的幸福的窝巢呀。妻刷糨糊我糊墙。我把报纸按日期排列起来，把有社论和副刊的一面，糊在外面，把广告部分糊在顶棚上。

这样，在天气晴朗，或是下雨刮风不能出门的日子里，我就可以脱去鞋子，上到炕上，或仰或卧，或立或坐，重新阅读我所喜爱的文章了。

1982 年 2 月 9 日

牲口的故事

　　在我童年的记忆里，我们这个小小的村庄，饲养大牲口——即骡马的人家很少。除去西头有一家地主，其实也是所谓经营地主，喂着一骡一马外，就只有北头的一家油坊，喂着四五头大牲口，挂着两辆长套大车，作运输油和原料的工具。他家的大车，总是在人们还没有起床的时候，就从村里摇旗呐喊地出发了，而直到天黑以后，才从远远的地方赶回来，人喊马嘶的声音，送到每家每户正在灯下吃晚饭的人们耳中，人们心里都要说一句：

　　"油坊的车回来了！"

　　当我在村中念小学的时候，有几年的时间，我们家也挂了一辆大车，买了一骡一马，农闲时，由叔父赶着去作运输。这时我们家已经上升为中农。但不久父亲就叫把骡马卖了，因为兵荒马乱，这种牲口是最容易惹事的。从此，我们家总是养一头大黄牛，有时再喂一匹驴，这是为的接送在外面做生意的父亲。

　　我小的时候，父亲或叔父，常常把我放在驴背的前面，一同乘骑。我记得有一匹大叫驴，夏天舅父牵着它过滹沱河，被船夫们哄骗，叫驴凫水，结果淹死了，一家人很难过了些日子。

后来，接送我父亲，就常常借用街上当牲口经纪的四海的小毛驴。他这头小毛驴，比大山羊高不了多少，但装饰得很漂亮，一串挂红缨的铜铃，鞍鞯齐备。那时，当牲口经纪的都养一匹这样的小毛驴。每逢集日，清早骑着上市，事情完后，酒足饭饱，已是黄昏，一个个偏骑在小驴背上，扬鞭赶路，那种目空一切的神气，就是凯旋的将军，也难以比得的。

后来我到了山地，才知道，这种小毛驴，虽然谈不上名贵，用途却是很多的。它们能驮山果、木材、柴草，能往山上送粪，能往山下运粮，能走亲访友，能迎婚送嫁。它们负着比它身体还重的货载，在上山时，步步留神，在下山时，兢兢业业，不声不响，直到完成任务为止。

抗日战争时期，在军旅运输上，小毛驴也帮了我们不少忙。那时的交通站上，除去小孩子，就是小毛驴用处最大，也最活跃。战争后期，我们从延安出发华北，我当了很长时间的毛驴队长。骑毛驴的都是身体不好的女同志。一天夜晚，偷越同蒲路，因为一位女同志下驴到高粱地去小便，以致与前队失了联络，铁路没有过成，又退回来。第二天夜里再过，我宣布：凡是女同志小便，不准远离队列，即在驴边解手。解毕，由牵驴人立即抱之上驴，在驴背上再系腹带。由于我这一发明，此夜得以胜利通过敌人的封锁线，直到现在，想起来，还觉得有些得意。

平分土地的同时，地主家的骡马，富农家的大黄牛，被贫农团牵走，贫农一家喂不起，几家合喂，没人负责，牲口糟踏了不少。成立了互助组，小驴小牛时兴一阵。成立了合作社，骡马又有了用武之地。以后农村虽然有了铁牛，牲畜的用途还是很多，但喂养都不够细心，使用也不够爱惜。牲口饿跑了，被盗了的情况，时常发生。有一年我回到故乡，正值春耕之时，平原景色如故，遍地牛马，忽然见到一匹骆驼耕地。骆驼这东西，在我们这一带原很少见，是庙会上，手摇串铃的蒙古大夫牵着的玩意。以它形状新奇，很能招揽观众。现在突然出现在平原上，高峰长颈，昂视阔步，像一座游动的小山，显得很不协调。我问乡亲们是怎么回事，有人告诉我：不知从哪里跑来这么一匹饿坏了的骆驼，一直跑到大队的牲口棚，伸脖子就吃草，把棚子里的一匹大骡子吓惊了断缰窜出，直到现在还没找回来。一匹骡子换了一匹骆驼，真不上算。大队试试它能拉犁不，还行！

很有些年，小毛驴的命运，甚是不佳。据说，有人从山西来，骑着一匹小毛驴，到了平原，把缰绳一丢，就不再要它，随它去了。其不值钱，可想而知。

但从农村实行责任制以后，小毛驴的身价顿增，何止百倍？牛的命运也很好了。

呜呼，万物兴衰相承，显晦有时，乃不易之理，而其命运，又无不与政治、政策相关也。

1983 年 1 月 22 日

住房的故事

春节前，大院里很多住户，忙着迁往新居。大人孩子笑逐颜开的高兴劲儿，和那锅碗盆勺，煤球白菜，搬运不完的忙乱劲儿，引得我的心也很不平静了。

人之一生，除去吃饭，恐怕就是住房最为重要了。在旧日农村，当父母的，勤劳一生，如果不能为子孙盖下几间住房，那是会死不瞑目的。

我幼年时，父亲和叔父分家，我家分了一块空场院，借住叔父家的三间破旧北房。在我结婚的那年，我的妻子要送半套嫁妆，来丈量房间的尺寸，有人就建议把隔山墙往外移一移，这样尺寸就会大一些，准备以后盖了新房，嫁妆放着就合适了。

墙山往外一移，房的大梁就悬空了，而大梁因为年代久远，已经朽败。这一年夏季，下了几场大雨。有一天中午，我在炕上睡觉，我的妻子也哄着我们新生的孩子睡着了。忽然大梁咯吱咯吱响起来，妻子抱起孩子就往外跑，跑到院里才喊叫我，差一点没有把我砸在屋里。

事后我问她：

"为什么不先叫我?"

她笑着说：

"我那时心里只有孩子。"

我们结婚不久，不能怀疑她对我的恩爱。但从此我悟出一个道理，对于女人来说，母子之爱像是超过夫妻之爱的。

从这以后，我们家每年就用秋收的秋秸和豆秸，从砖窑上换回几车砖来，垒在空院里存放着。今年添一根梁，明年买两条檩。这样一砖一瓦，一檩一椽地积累起来。然后填房基，预备粮食，动工盖房。

在农村，盖房是最操心的事，我见过不止一家，老人操劳着把房盖好，他也就不行了，很快死去。

但是，老人们仍然在竭尽心力为儿子盖房。今年先盖一座正房，再积攒二年，盖一座厢房。住房盖齐了，又筹划外院，盖一间牲口屋，一间草屋，一间碾棚，一间磨棚。然后圈起围墙，安上大梢门。作为一家富农的规模，这就算齐备了。很觉对得起儿子了。然而抗日战争开始了，我没有住进新房，就离家参军去了。

从此，我开始了四海为家的生活。我穿百巷住千家，每夜睡在别人家的炕上。当然也有无数陌生的战士，睡在我们家的炕上。我住过各式各样的房屋，交过各式各样的房东朋友。

一次战斗中，夜晚在荒村宿营。村里人都跑光了，也不敢打火点灯，我们摸进一间破房，同伴们挤在土炕上，我一摸墙边有一块平板，像搭好的一块门板似的，满以为不错，遂据为己有，倒身睡下。天亮起来，看出是停放的一具棺木，才为之一惊。直到现在，我也不知道其中是男是女，是老是少，我同一个死人，睡了一夜上下铺，感谢他没有任何抗议和不满。

抗战胜利后，我回到了家乡，不久父亲去世。根据地实行平分土地，我家只留了三间正房，其余全分给贫农，拆走了。随后，我的全家又迁来城市，那三间北房，生产队用来堆放一些杂物。年久失修，雨水冲刷，风沙淤填，原来是村里最高最新的房，现在变成最低最破旧的房了。

我也年老了，虽有思乡之念，恐怕不能回老家故屋去居住了。

回忆此生，在亲友家借住，有寄人篱下之感；住旅店公寓，为房租奔波；学校读书，黄卷青灯；寺院投宿，晨钟暮鼓。到了十年动乱期间，还被放逐荒陬，关进牛棚。

古之诗人，无一枝之栖，倡言广厦千万；浪迹江湖，以天地为逆旅。此皆放诞狂言，无补实际。人事无常，居无定所。为自身谋或为子孙谋，不及随遇而安为旷达也。

1983 年 2 月 5 日

猫鼠的故事

目前，我屋里的耗子多极了。白天，我在桌前坐着看书或写字，它们就在桌下来回游动，好像并不怕人。有时，看样子我一跺脚就可以把它踩死，它却飞快跑走了。夜晚，我躺在床上，偶一开灯，就看见三五成群的耗子，在地板、墙根串游，有的甚至钻到我的火炉下面去取暖，我也无可奈何。

有朋友劝我养一只猫。我说，不顶事。

这个都市的猫是不拿耗子的。这里的人们养猫，是为了玩，并不是为了叫它捉耗子，所以耗子方得如此猖獗。这里养猫，就像养花种草、玩字画古董一样，把猫的本能给玩得无影无踪了。

我有一位邻居，也是老干部，他养着一只黄猫，据说品种花色都很讲究。每日三餐，非鱼即肉，有时还喂牛奶。三日一梳毛，五日一沐浴。每天抱在怀里抚摩着，亲吻着。夜晚，猫的窝里，有铺的，有盖的，都是特制的小被褥。

这样养了十几年，猫也老了，偶尔下地走走，有些蹒跚迟钝。它从来不知耗子为何物，更不用说有捕捉之志了。

　　我还是选用了我们原始祖先发明的捕鼠工具：夹子。支得得法，每天可以打住一只或两只。

　　我把死鼠埋到花盆里去。朋友问我为什么不送给院里养猫的人家。我说：这里的猫，不只不捉耗子，而且不吃耗子。

　　这是不久以前的经验教训。我打住了一只耗子，好心好意送给邻居，说：

　　"叫你家的猫吃了吧。"

　　主人冷冷地说：

　　"那上面有跳蚤，我们的猫怕传染。如果是吃了耗子药，那就更麻烦。"

　　我只好提了回来，埋在地里。

　　又过了不久，终于出现了以下如果不是我亲眼所见，一定有人会认为是造谣的场面。

　　有一家，在阳台上盛杂物的筐里，发现了一窝耗子，一群孩子呼叫着："快去抱一只猫来，快去抱一只猫来！"

　　正赶上老干部抱着猫在阳台上散步，他忽然动了试一试的兴致，自告奋勇，把猫抱到了筐前，孩子们一齐呐喊：

　　"猫来了，猫来捉耗子了！"

　　老人把猫往筐里一放，猫跳出来。再放再跳，三放三跳，终于逃回家去了。

　　孩子们大失所望，一齐喊："废物猫，猫废物！"

　　老人的脸红了。他跑到家里，又把猫抱回来，硬把它按进筐里，不松手。谁知道，猫没有去咬耗子，耗子却不客气，把老干部的手指咬伤，鲜血淋淋，只好先到卫生所，去进行包扎。

群儿大笑不止。其实这无足奇怪，因为这只老猫，从来不认识耗子，它见了耗子实在有些害怕。

十年动乱期间，我曾回到老家，住在侄子家里。那一年收成不好，耗子却很多，侄子从别人家要来一只尚未断奶的小猫，又舍不得喂它，小猫枯瘦如柴，走路都不稳当。有一天，我看见它从立柜下面，连续拖出两只比它的身体还长一段的大耗子，找了个背静地方全吃了。这就叫充分发挥了猫的本能。

其实，这个大都市，猫是很多的。我住的是个大杂院，每天夜里，猫叫为灾。乡下的猫，是二八月到房顶上交尾，这里的猫，不分季节，冬夏常青。也不分场合，每天夜里，房上房下，窗前门后，互相追逐，互相呼叫，那声音悲惨凄厉，难听极了：有时像狼，有时像枭，有时像泼妇刁婆，有时像流氓混混儿。直至天明，还不停息。早起散步，还看见一院子是猫，发情求配不已。

这样多的猫在院里，那样多的耗子在屋里，这也算是一种矛盾现象吧？

城狐社鼠，自古并称。其实，狐之为害，远不及鼠。鼠形体小，而繁殖众，又密迩人事，投之则忌器，药之恐误伤，遂使此蕞尔细物，子孙繁衍，为害无止境。幼年在农村，闻父老言，捕田鼠缝闭其肛门，纵入家鼠洞内，可尽除家鼠。但做此种手术，易被咬伤手指，终于未曾实验。

1983 年 4 月 5 日

夜晚的故事

我幼年就知道，社会上除去士农工商、帝王将相以外，还有所谓盗贼。盗贼中的轻微者，谓之小偷。

我们的村庄很小，只有百来户人家。当然也有穷有富，每年冬季，村里总是雇一名打更的，由富户出一些粮食作为报酬。我记得根雨叔和西头红脸小记，专门承担这种任务。每逢夜深，更夫左手拿一个长柄的大木梆子，右手拿一根木棒，梆梆地敲着，在大街巡逻。平静的时候，他们的梆点，只是一下一下，像钟摆似的；如果他们发见什么可疑的情况，梆点就变得急促繁乱起来。

母亲一听到这种杂乱的梆点，就机警地坐起来，披上衣服，静静地听着。其实并没有发生什么事情，过了一会儿，梆点又规律了，母亲就又吹灯睡下了。

根雨叔打更，对我家尤其有个关照。我家住在很深的一条小胡同底上，他每次转到这一带，总是一直打到我家门前，如果有什么紧急情况，他还会用力敲打几下，叫母亲经心。

我在村里生活了那么多年，并没有发生过什么盗案，偷鸡摸狗的小事，地边道沿丢些庄稼，当然免不了。大的抢劫案件，整个县里我也只是听说发生过一次。县政府每年处决犯人，也只是很少的几个人。

这并不是说，那个时候，就是什么太平盛世。我只是觉得那时农村的民风淳朴，多数人有恒产恒心，男女老幼都知道人生的本分，知道犯法的可耻。

后来我读了一些小说，听了一些评书，看了一些戏，又知道盗贼之中也有所谓英雄，也重什么义气，有人并因此当了将帅，当了帝王。觉得其中也有很多可以同情的地方，有很多耸人听闻的罗曼史。

我一直是个穷书生，对财物看得也很重，一生之中，并没有失过几次盗。青年时在北平流浪，失业无聊，有一天在天桥游逛，停在一处放西洋景的摊子前面。那是夏天，我穿一件白褂，兜里有一个钱包。我正仰头看着，觉得有人触动了我一下，我一转脸，看见一个青年，正用手指轻轻夹我的钱包，知道我发见，他就若无其事地转身走了。当时感情旺盛，我还很为这个青年，为社会，为自身，感慨了一阵子。

直到现在，我对这个人印象很清楚，他高个儿，穿着破旧，满脸烟气，大概是个白面客。

另一次是在本县羽林村看大戏，也是夏天，皮包里有一块现洋叫人扒去了，没有发觉。

在解放区十几年，那里是没有盗贼的。初进城的几年，这个大城市，也可以说是路不拾遗的。

问题就出在"文化大革命"上。在动乱中，造反和偷盗分不清，革命和抢劫分不清。那些大的事件，姑且不论。单说我住的这个院子，原是吴鼎昌姨太太的别墅，日本人住过，国民党也住过，都没有多少破坏。房子很阔气，正门的门限上，镶着很厚很大的一块黄铜，足有二十斤重。动乱期间，附近南市的顽童进院造反，其著名的领袖，一个叫作三猪，一个叫作癞蛤蟆，癞蛤蟆喜欢铁器，三猪喜欢铜器。他把所有的铜门把，铜饰件，都拿走了，就是起不下这块铜门限来。他非常喜爱这块铜，因此他也就离不开这个院，这个院成了他的革命总部和根据地。他每天从早到晚坐在铜门限上，指挥他的群众。住户不能出门，只好请军管人员把他抱出去。三猪并不示弱，他听说解放军奉令骂不还口，打不还手，他就亲爹亲娘骂了起来。谁知这位农民出身的青年战士，受不了这种当众辱骂，不管什么最高指示，把三猪的头按在铜门限上，狠狠碰了几下，拖了出去。

城市里有些居民，也感染了三猪一类的习气，采取的手段比较和平，多是化公为私。比如说院墙，夜晚推倒一段，白天把砖抱回家来，盖一间小屋。院里的走廊，先把它弄得动摇了，然后就拆下木料，去做一件自用家具。这当然是物质不灭。不过一旦成为私有的东西，就倍加爱惜，也就成为神圣之物，不可侵犯了。

后来我到了干校。先是种地，公家买了很多农具，锄头，铁锹，小推车，都是崭新的。后来又盖房，砖瓦，洋灰，木料，也是充足的。但过了不久，就被附近农村的人拿走了大半。农民有一条谚语，道："五七干校是个宝，我们缺什么就到里边找。"

这当然也可解释为：取之于民，用之于民。

现在，我们的院子，经过天灾人祸，已经是满目疮痍，不堪回首。大门又不严紧。人们还是争着在院里开一片荒地，种植葡萄或瓜果。秋季，当葡萄熟了，每天都有成群结伙的青少年在院里串游，垂涎架下，久久不肯离去。夜晚则借口捉蟋蟀，闯入院内，刀剪齐下，几分钟可以把一架葡萄弄得干干净净；手脚利索，架下连个落叶都没有。有一户种了一棵吊瓜，瓜色艳红，是我院秋色之冠，也被摘去了，为了携带方便，还顺手牵羊，拿走了另一户的一只新篮子。

我年老体弱，无力经营葡萄，也生不了这个气，就在自己窗下的尺寸之地，栽了一架瓜蒌。这是苦东西，没有病的人，是不吃的。另外养了几盆花，放置在窗台上，却接二连三被偷走了。

每天晚上，关灯睡下，半夜醒来，想到有一两名小偷就在窗前窥伺，虽然我是见过世面的人，也真的感到有些不安全了。

谚云：饥寒起盗心。国家施政，虽游民亦可得温饱，今之盗窃，实与饥寒无关也。或谓：偷花者出于爱美，尤为大谬不然矣！

1983 年 4 月 20 日改讫

火　炉

　　我有一个煤火炉，是进城那年买的，用到现在，已经三十多年了。它伴我度过了热情火炽的壮年，又伴我度过着衰年的严冬。它的容颜也有了很大的改变，它的身上长了一层红色的铁锈，每年安装时，我都要举止艰难地为它打扫一番。

　　我们可以说得上是经过考验的，没有发生过变化的。它伴我住过大屋子，也伴我迁往过小屋子，它放暖如故。大屋小暖，小屋大暖。小暖时，我靠它近些；大暖时，我离它远些。小屋时，来往的客人，少一些；大屋时，来往的客人，多一些。它都看到了。它放暖如故。

　　它看到，和我同住的人，有的死去了，有的离去了，有的买制了新的火炉，另外安家立业去了。它放暖如故。

　　我坐在它的身边。每天早起，我把它点着，每天晚上，我把它封盖。我坐在它身边，吃饭，喝茶，吸烟，深思。

　　我好吃烤的东西，好吃有些煳味的东西。每天下午三点钟，我午睡起来，在它上面烤两片馒头，在炉前慢慢咀嚼着，自得其乐，感谢上天的赐予。

对于我，只要温饱就可以了，只要有一个避风雨的住处就满足了。我又有何求！

看来，我们的关系，是不容易断的，只要我每年冬季，能有三十元钱，买两千斤煤球，它就不会冷清，不会无用武之地，我也就会得到温暖的！

火炉，我的朋友，我的亲密无间的朋友。我幼年读过两句旧诗：炉存红似火，慰情聊胜无。何况你不只是存在，而且确实在熊熊地燃烧着啊。

1982 年 12 月 26 日上午

母亲的记忆

　　母亲生了七个孩子，只养活了我一个。一年，农村闹瘟疫，一个月里，她死了三个孩子。爷爷对母亲说：

　　"心里想不开，人就会疯了。你出去和人们斗斗纸牌吧！"

　　后来，母亲就养成了春冬两闲和妇女们斗牌的习惯；并且常对家里人说："这是你爷爷吩咐下来的，你们不要管我。"

　　麦秋两季，母亲为地里的庄稼，像疯了似的劳动。她每天一听见鸡叫就到地里去，帮着收割、打场。每天很晚才回到家里来。她的身上都是土，头发上是柴草。蓝布衣裤汗湿得泛起一层白碱，她总是撩起褂子的大襟，抹去脸上的汗水。她的口号是："争秋夺麦！""养兵千日，用兵一时！"一家人谁也别想偷懒。

　　我生下来，就没有奶吃。母亲把馍馍晾干了，再粉碎煮成糊喂我。我多病，每逢病了，夜间，母亲总是放一碗清水在窗台上，祷告过往的神灵。母亲对人说："我这个孩子，是不会孝顺的，因为他是我烧香还愿，从庙里求来的。"

家境小康以后，母亲对于村中的孤苦饥寒，尽力周济，对于过往的人，凡有求于她，无不热心相帮。有两个远村的尼姑，每年麦秋收成后，总到我们家化缘。母亲除给她们很多粮食外，还常留她们食宿。我记得有一个年轻的尼姑，长得眉清目秀。冬天住在我家，她怀揣一个蝈蝈葫芦，夜里叫得很好听，我很想要。第二天清早，母亲告诉她，小尼姑就把蝈蝈送给我了。

抗日战争时，村庄附近，敌人安上了炮楼。一年春天，我从远处回来，不敢到家里去，绕到村边的场院小屋里。母亲听说了，高兴得不知给孩子什么好。家里有一棵月季，父亲养了一春天，刚开了一朵大花，她折下就给我送去了。父亲很心痛，母亲笑着说："我说为什么这朵花，早也不开，晚也不开，今天忽然开了呢，因为我的儿子回来，它要先给我报个信儿！"

一九五六年，我在天津，得了大病，要到外地去疗养。那时母亲已经八十多岁，当我走出屋来，她站在廊子里，对我说：

"别人病了往家里走，你怎么病了往外走呢！"

这是我同母亲的永诀。我在外养病期间，母亲去世了，享年八十四岁。

1982 年 12 月

一九五六年的旅行

　　一九五六年的三月间，一天中午，我午睡起来晕倒了，跌在书橱的把手上，左面颊碰破了半寸多长，流血不止。报社同人送我到医院，缝了五针就回来了。

　　我身体素质不好，上中学时，就害过严重的失眠症，面黄肌瘦，同学们为我担心。后来在山里，因为长期吃不饱饭，又犯了一次，中午一个人常常跑到村外大树下去静静地躺着。

　　但我对于这种病，一点知识也没有，也没有认真医治过。

　　这次跌了跤，同志们都劝我外出旅行。那时进城不久，我还不像现在这样害怕出门，又好一人孤行，请报社和文联给我打算去的地方，开了介绍信，五月初就动身了。

　　对于旅行，虽说我还有些余勇可贾，但究竟不似当年了。去年秋天，北京来信，要我为一家报纸，写一篇介绍中国农村妇女的文章。我坐公共汽车到了北郊区。采访完毕，下了大雨，汽车不通了。我一打听，那里距离市区，不过三十里，背上书包就走了。过去，每天走上八九十里，对我是平常的事。谁知走了不到二十里，腿就不好使起来，像要跳舞。我以为是饿了，坐在路旁，吃了两口郊区老乡送给我的新玉米面饼子，还是不顶事。勉强走到市区，雇了一辆三轮，才回到了家。

这次旅行，当然不是徒步，而是坐火车，舒服多了，这应该说是革命所赐，生活条件，大为改善了。

济南

第一个目标是济南。说也奇怪，从二十岁左右起，我对济南这个地方，就非常向往。在中学的国文课堂上，老师讲了一段《老残游记》，随后又说他幼小时跟着父亲在济南度过，那里的风景确实很好。还有一种好吃的东西，叫作小豆腐。这一段话，竟在我心里生了根。后来在北平当小学职员，不愿意干了，就对校长说：我要到济南去了，辞了职。当然没有去成。

在济南下车时，也就是下午一二点钟。雇了一辆三轮，投奔山东文联。那时王希坚同志在文联负责，我们是在北京认识的。

济南街上，还是旧日省城的样子，古老的砖瓦房，古老的石铺街道。文联附近，是游览区，更热闹一些，有不少小商小贩，摆摊叫卖。文联大院，就是名胜所在，有泉水，种植着荷花，每天清晨，人们就在清流旁盥洗。

王希坚同志给了我一间清静的房。他知道我的脾气，说："吃饭，愿意在食堂吃也可，愿意出去吃小馆，也方便。"

因为距离很近，当天我就观看了珍珠泉、趵突泉、黑虎泉。那时水系没遭到破坏，趵突泉的水，还能涌起三尺来高。

第二天，文联的同志，陪我去游了大明湖和千佛山，乘坐了彩船，观赏了文物。那时游人很少，在千佛山，我们几乎没遇到什么游人，像游荒山野寺一样。我最喜欢这样的游览，如果像赶庙会一样，摩肩接踵，就没有意思了。

我也到附近小馆去吃过饭，但没有吃到老师说的那种小豆腐。

另外，没有找到古旧书店，也是一大遗憾。我知道，济南的古书不少，而且比北京、天津，便宜得多。

南京

第二站是南京。到南京已经是下午五六点钟了。我先赶到江苏省文联。那时的文联，多与文化局合署办公，文联与文化局电话联系，说来了一位客人，想找个住处。文化局好像推托了一阵子，最后说是可以去住什么酒家。

对于这种遭遇，我并不以为怪。我在南京没有熟人，还算是顺利地解决了食住问题。应该感谢那时同志们之间的正常的热情的关照。如果是目前，即使有熟人，恐怕也还要费劲一些。

此次旅行，我也先有一些精神准备。书上说：在家不知好宾客，出门方觉少知音，正好是对我下的评语。

在酒家住了一夜。第二天吃过早饭，我先去逛了明孝陵，陵很高很陡，在上面看到了朱元璋的一幅画像，躯体很高大，前额特别突出，像扣上一个小瓢似的。脸上有一连串黑痣。这种异相，史书上好像也描写过。

从孝陵下来，我去游览了中山陵，顺便又游了附近一处名胜灵谷寺。一路梧桐林荫路，枝叶交接如连理，真使人叫绝。

下午游了雨花台、玄武湖、鸡鸣寺、夫子庙。没有游莫愁湖，没有看到秦淮河。这样奔袭突击式的游山玩水，已经使我非常疲乏。为了休息一下，就去逛了逛南京古旧书店。书店内外，都很安静，好书也多，排列得很规则。惜天色已晚，未及细看，就回旅舍了。此后，我通过函购，从这里买了不少旧书，其中并有珍本。

第三天清晨，我离开南京去上海。

现在想来，像我这样的旅行，可以说是消耗战，还谈得上是怡情养病？到了一处，也只是走马观花，连凭吊一下的心情也没有。别处犹可，像南京这个地方，且不说这是龙盘虎踞的形胜之地，就是六朝烟粉，王谢风流，潮打空城，天国悲剧，种种动人的历史传说，就没有引起我的丝毫感慨吗？

确实没有。我太累了。我觉得，有些事，读读历史就可以了，不必想得太多。例如关于朱元璋，现在有些人正在探讨他的杀戮功臣，是为公还是为私？各有道理，都有论据。但可信只有一面，又不能起朱元璋而问之，只有相信正史。至于文人墨客，酒足饭饱，对历史事件的各种感慨，那是另一码事。我此次出游，其表现有些像凡夫俗子的所到一处，刻名留念。中心思想，也不过是为了安慰一下自己：我一生一世，毕竟到过这些有名的地方了。

上海

很快就到了上海，作家协会介绍我住在国际饭店十楼。这是最繁华的地区，对我实在不利。即使平安无事，也能加重神经衰弱。尤其是一上一下的电梯。灵活得像孩子们手中的玩具，我还没有定下心来，十楼已经到了。

第二天上午，一个人去逛书店，雇了一辆三轮，其实一转弯就到了。还好，正赶上古籍书店开张，琳琅满目，随即买了几种旧书，其中有仰慕已久的戚蓼生序小字本《红楼梦》。

想很快离开上海，第二天就到了杭州。

杭州

中午到了杭州，浙江省文联，也没有熟人。在那里吃了一碗面条，自己就到湖边去了。天气很好，又是春季，湖边的游人还算是多的。面对湖光山色，第一个感觉是：这就是西湖。因为旅途劳顿，接连几夜睡不好觉，我忽然觉得精神不能支持，脚下也没有准头，随便转了转，买了些甜食吃，就回来了。

第二天，文联通知我，到灵隐寺去住。在那里，他们新买到一处资本家的别墅，作为创作之家，还没有人去住过，我来了正好去试试。用三轮车带上一些用具，把我送了过去。

这是一幢不小的楼房，只楼下就有不少房间。楼房四周空旷无人，而飞来峰离它不过一箭之地。寺里僧人很少，住的地方离

163

这里也很远。天黑了，我一度量形势，忽然恐怖起来。这样大的一个灵隐寺，周围是百里湖山，寺内是密林荒野，不用说别的，就是进来一条狼，我也受不了。我得先把门窗关好，而门窗又是那么多。关好了门窗，我躺在临时搭好的简易木板床上，头顶有一盏光亮微弱的灯，翻看新买的一本杭州旅行指南。

我想，什么事说是说，做是做。有时说起来很有兴味的事，实际一做，就会适得其反。比如说，我最怕嘈杂，喜欢安静，现在置身山林，且系名刹，全无干扰，万籁无声，就觉得舒服了吗？没有，没有。青年时，我也想过出世，当和尚。现在想，即使有人封我为这里的住持，我也坚决不干。我现在需要的是一个伴侣。

一夜也没有睡好，第二天清晨起来，在溪流中洗了洗脸，提上从文联带来的热水瓶，到门口饭店去吃饭。吃完饭，又到茶馆打一瓶开水提回来。

据说，西湖是全国风景之首，而灵隐又是西湖名胜之冠。真是名不虚传。自然风景，且不去说，单是寺内的庙宇建筑，宏美丰丽，我在北方，是没有见过的。殿内的楹联牌匾，佳作尤多。

在这里住了三天，西湖的有名处所，也都去过了，在小市自己买了一只象牙烟嘴，在岳坟给孩子们买了两对竹节制的小水桶。我就离开了杭州，又取道上海，回到天津。

此行，往返不到半月，对我的身体非常不利，不久就大病了。

跋

余之晚年，蛰居都市，厌见扰攘，畏闻恶声，足不出户，自喻为画地为牢。然当青壮之年，亦曾于燕南塞北，太行两侧，有所涉足。亦时见山河壮观，阡陌佳丽。然身在队列，或遇战斗，或值风雨，或感饥寒，无心观赏，无暇记述。但印象甚深至老不忘。

古人云，欲学子长之文，先学子长之游，此理固有在焉。然柳柳州《永州八记》，所记并非罕遇之奇景异观也，所作文字乃为罕见独特之作品耳。范仲淹作《岳阳楼记》，本人实未至洞庭湖，想当然之，以抒发抱负。苏东坡《前赤壁赋》，所见并非周郎破曹之地，后人不以为失实。所述思绪，实通于古今上下也。

以此观之，游记之作，固不在其游，而在其思。有所思，文章能为山河增色，无所思，山河不能救助文字。作者之修养抱负，于山河于文字，皆为第一义，既重且要。余之作，不堪言此矣。

1983 年 8 月 17 日追记

书　信

　　自古以来书信作为一种文体，常常编入作家们的文集之中。书与信字相连，可知这一文体的严肃性。它的主要特点，是传达一种真实的信息。

　　古代的历史著作，也常常把一个人物的重要信件，编入他的传记之内。

　　古代，书信的名号很多，有上书，有启，有笺，有书……各有讲究。昭明文选用了几卷的篇幅收录了这些文章。历代文学总集，也无不如此。

　　如此说来，书信一体，实在是不可玩忽的一种文学读物了。过去书市中也有供人学习应酬文字的尺牍大观，那当然不在此列。

　　在中学读书时，我读过一本高语罕编的"白话书信"，内容已经记不清。还读过一本"八贤手札"，则是清朝咸同时期，镇压太平天国的那些大人物的往来信札，内容也记不清了。只记得那些信的称呼，很复杂也很难懂。

　　书信这一文体，我可以说是幼而习之的。在外面读书做事，总是要给家中写信的。所用的文字当然是解放了的白话。这些家信无非是报告平安，没有什么特殊的内容。经过几次变乱，可以说是只字不存了。

　　在保定读书时，我认识了本城一个女孩子，她家住在白衣庵一个大杂院里。我每星期总要给她写一封信，用的都是时兴的粉色布纹纸信封。我的信写得都很长，不知道从哪里来的那么多热情的话。她家生活很困难，我有时还在信里给她附一些寄回信的邮票。但她常常接不到我寄给她的信，却常常听到邮递员对她说的一些不三不四的话。我并不了解她的家庭，我曾几次在那个大杂院的门口徘徊，终于没有进去。我也曾到邮政局的无法投递的信柜里去寻找，也见不到失落的信件。我估计一定是邮递员搞的鬼。我忘记我给她写了多少封信，信里尽倾诉了什么感情。她也不会保存这些信。至于她的命运，她的生存，已经过去五十年，就更难推测了。

　　在晋察冀边区工作，我曾给通讯员和文学爱好者，写过不少信，文字很长，数量很大，但现在一封也找不到了。

　　一九四四年秋天，我在延安窑洞里，用从笔记本撕下的一片纸，写了一封万金家书。我离家已经六七年了，听人说父亲健康情况不好，长子不幸夭折，我心里很沉重。家乡还被敌人占据着，寄信很危险。但我实在控制不住对家庭的思念，我在这片白纸的正面，给父亲写了一封短信；在背面，给妻子写了几句话。她不认识字，父亲会念给她听。

　　这封信我先寄给在晋察冀工作的周小舟同志，烦他转交我的家中。一九四六年，我回到家里，妻子告诉我，收到了这封信。在一家人正要吃午饭的时候收到的这封信，父亲站在屋门口念了，一家人都哭了。我很感谢我们的交通站和周小舟同志，我不知道千里迢迢，关山阻隔，敌人封锁得那么紧，他们怎样把这封信送到了我的家。

　　这封信的内容，我是记得的，它的每句话都是有用的，有千斤重量的，也没保存下来。

　　一九七〇年十月起，至一九七二年四月，经人介绍，我与远在江西的一位女同志通信。发信频繁，一天一封，或两天一封或一天两封。查记录：一九七一年八月，我寄出去的信，已达一百一十二封。信，本来保存得很好，并由我装订成册，共为五册。后因变故，我都用来生火炉了。

　　这些信件，真实地记录了我那几年动荡不安的生活，无法倾诉的悲愤，以及只能向尚未见面的近似虚无缥缈的异性表露的内心。一旦毁弃了是很可惜的，但当时也只有这样付之一炬，心里才觉得干净。潮水一样的感情，几乎是无目的地倾泻而去，现在已经无法解释了。

　　自从"文化大革命"开始，断绝了写作的机会，从与她通讯，才又开始了我的文字生活，这是可以纪念的。这些信，训练了我久已放下了的笔，使我后来能够写文章时，手和脑并没有完全生疏、迟钝。这也可以说是失之东隅，收之桑榆吧。至于解放前后，我写给朋友们的信件，经过"文化大革命"，已所剩无几。

这很难怪，我向来也不大保存朋友们的来信，但在"文化大革命"以前，曾在书柜里保存康濯同志的来信，有两大捆，二百余封。"文化大革命"期间，接连不断地抄家，小女儿竟把这些信件烧毁了。太平以后，我很觉得对不起康濯同志，把详情告诉了他。而我写给他的信，被抄走，又送了回来，虽略有损失，听说还有一百多封。这可以说是迄今保存的我的书信的大宗了。他怎样处理这些信件，因为上述原因，我一直不好意思去过问。

先哲有言，信件较文章更能传达人的真实感情，更能表现本来面目。看来，信件的能否保存，远不及文章可靠。文章如能发表，即使是油印、石印，也是此失彼存，有希望找到的。而信件寄出，保存与否，已非作者所能处置。遇有变故，最易遭灾，求其幸存，已经不易。况时过境迁，交游萍水，难以求其究竟乎！

1983 年 10 月 16 日

吃饭的故事

我幼小时，因为母亲没有奶水，家境又不富裕，体质就很不好。但从上了小学，一直到参加革命工作，一日三餐，还是能够维持的，并没有真正挨过饿。当然，常年吃的也不过是高粱小米，遇到荒年，也吃过野菜蝗虫，饽饽里也掺些谷糠。

一九三八年，参加抗日，在冀中吃得还是好的。离家近，花钱也方便，还经常吃吃小馆。后来到了阜平，就开始一天三钱油三钱盐的生活，吃不饱的时候就多了。吃不饱，就到野外去转游，但转游还是当不了饭吃。

菜汤里的萝卜条，一根赶着一根跑，像游鱼似的。有时是杨叶汤，一片追着一片，像飞蝶似的。又不断行军打仗，就是这样的饭食，也常常难以为继。

一九四四年到了延安，丰衣足食；不久我又当了教员，吃上小灶。

日本投降以后，我从张家口一个人徒步回家，每天行程百里，一路上吃的是派饭。有时夜晚赶到一处，桌上放着两个糠饼子，一碟干辣子，干渴得很，实在难以下咽，只好忍饥睡下，明天再碰运气。

到家以后，经过八年战争，随后是土地改革，家中又无劳动力，生活已经非常困难。我的妻子，就是想给我做些好吃的，也力不从心了。

此后几年，我过的是到处吃派饭的生活。土改平分，我跟着工作组住在村里，吃派饭。工作组走了，我想写点东西，留在村里，还是吃派饭。对给我饭吃，给我房住的农民，特别有感情，总是恋恋不舍，不愿离开。在博野的大西章村，饶阳的大张岗村，都是如此。在土改正在进行时，农民对工作组是很热情的；经过急风暴雨，工作组一撤，农民或者因为分到的东西少，或者因为怕翻天，心情就很复杂了。我不离开，房东的态度，已经有很大的不同，首先表现在饭食上。后来有人警告我：继续留在村里，还有危险。我当时确实没有想到。

有时为了减轻家庭负担，我还带上大女儿，到一个农村去住几天，叫她跟着孩子们到地里去拣花生，或是跟着房东大娘纺线。我则体验生活，写点小说。

这种生活，实际上也是饥一顿，饱一顿，持续了有二三年的时间。

进城以后，算是结束了这种吃饭方式。

一九五三年，我又到安国县下乡半年。吃派饭有些不习惯，我就自己做饭，每天买点馒头，煮点挂面，炒个鸡蛋。按说这是好饭食，但有时我嫌麻烦，就三顿改为两顿，有时还是饿着肚子，到沙岗上去散步。

我还进城买些点心、冰糖，放在房东家的橱柜里。房东家有两房儿媳妇，都在如花之年，每逢我从外面回来，就一齐笑脸相迎说："老孙，我们又偷吃你的冰糖了。"

这样，吃到我肚子里去的，就很有限了。虽然如此，我还是很高兴的。能得到她们的欢心，我就忘记饥饿了。

1983 年 9 月 1 日晨，大雨不能外出

父亲的记忆

父亲十六岁到安国县（原先叫祁州）学徒，是招赘在本村的一位姓吴的山西人介绍去的。这家店铺的字号叫永吉昌，东家是安国县北段村张姓。

店铺在城里石牌坊南。门前有一棵空心的老槐树。前院是柜房，后院是作坊——榨油和轧棉花。

我从十二岁到安国上学，就常常吃住在这里。每天掌灯以后，父亲坐在柜房的太师椅上，看着学徒们打算盘。管账的先生念着账本，人们跟着打，十来个算盘同时响，那声音是很整齐很清脆的。打了一通，学徒们报了结数，先生把数字记下来，说：去了。人们扫清算盘，又聚精会神地听着。

在这个时候，父亲总是坐在远离灯光的角落里，默默地抽着旱烟。

我后来听说，父亲也是先熬到先生这一席位，念了十几年账本，然后才当上了掌柜的。

夜晚，父亲睡在库房。那是放钱的地方，我很少进去，偶尔从撩起的门帘缝望进去，里面是很暗的。父亲就在这个地方，睡了二十几年，我是跟学徒们睡在一起的。

父亲是一九三七年，七七事变以后离开这家店铺的，那时兵荒马乱，东家也换了年轻一代人，不愿再经营这种传统的老式的买卖，要改营百货。父亲守旧，意见不合，等于是被辞退了。

父亲在那里，整整工作了四十年。每年回一次家，过一个正月十五。先是步行，后来骑驴，再后来是由叔父用牛车接送。我小的时候，常同父亲坐这个牛车。父亲很礼貌，总是在出城以后才上车，路过每个村庄，总是先下来，和街上的人打招呼，人们都称他为孙掌柜。

父亲好写字。那时学生意，一是练字，一是练算盘。学徒三年，一般的字就写得很可以了。人家都说父亲的字写得好，连母亲也这样说。他到天津做买卖时，买了一些旧字帖和破对联，拿回家来叫我临摹，父亲也很爱字画，也有一些收藏，都是很平常的作品。

抗战胜利后，我回到家里，看到父亲的身体很衰弱。这些年闹日本，父亲带着一家人，东逃西奔，饭食也跟不上。父亲在店铺中吃惯了，在家过日子，舍不得吃些好的，进入老年，身体就不行了。见我回来了，父亲很高兴。有一天晚上，一家人坐在炕上闲话，我絮絮叨叨地说我在外面受了多少苦，担了多少惊。父亲忽然不高兴起来，说："在家里，也不容易！"回到自己屋里，妻抱怨说："你应该先说爹这些年不容易！"

那时农村实行合理负担，富裕人家要买公债，又遇上荒年，父亲不愿卖地，地是他的性命所在，不能从他手里卖去分毫。他先是动员家里人卖去首饰、衣服、家具，然后又步行到安国县老东家那里，求讨来一批钱，支持过去。他以为这样做很合理，对我详细地描述了他那时的心情和境遇，我只能默默地听着。

父亲是一九四七年五月去世的。春播时，他去旁楼，出了汗，回来就发烧，一病不起。立增叔到河间，把我叫回来。我到地委机关，请来一位医生，医术和药物都不好，没有什么效果。

父亲去世以后，我才感到有了家庭负担。我旧的观念很重，想给父亲立个碑，至少安个墓志。我和一位搞美术的同志，到店子头去看了一次石料，还求陈肇同志给撰写了一篇很简短的碑文。不久就土地改革了，一切无从谈起。

父亲对我很慈爱，从来没有打骂过。到保定上学，是父亲送去的。他很希望我能成材，后来虽然有些失望，也只是存在心里，没有当面斥责过我。在我教书时，父亲对我说："你能每年交我一个长工钱，我就满足了。"我连这一点也没有做到。

父亲对给他介绍工作的姓吴的老头，一直很尊敬。那老头后来过得很不如人，每逢我们家做些像样的饭食，父亲总是把他请来，让在正座。老头总是一边吃，一边用山西口音说："我吃太多呀，我吃太多呀！"

1984 年 4 月 27 日

上午寒流到来，夜雨泥浆

包袱皮儿

今年国庆节，在石家庄纺纱厂工作的大女儿来看望我。她每年来天津一次，总是选择这个不冷不热的季节。她从小在老家，跟着奶奶和母亲，学纺线织布，家里没有劳动力，她还要在田地里干活，到街上的水井去担水。十六岁的时候，跟我到天津，因为家里人口多，我负担重，把她送到纱厂。老家旧日的一套生活习惯，自从她母亲去世以后，就只有她知道一些了。

她问我有什么活儿没有，帮我做一做。我说："没有活儿。你长年在工厂不得休息，就在这里休息几天吧。"

可是她闲不住，闷得慌。新近有人给我买了两把藤椅，天气冷了，应该做个棉垫。我开开柜子给她找了些破布。我用的包袱皮儿，都是她母亲的旧物，有的是在"文化大革命"期间，被赶到小房子里，她带病用孩子们小时的衣服，拆毁缝成的。其中有一个白底紫花纹的，是过去日本的"人造丝"。我问她："你还记得这个包袱皮吗？"

她说："记得。爹，你太细了，很多东西还是旧的，过去很多年的。"

"不是细。是一种习惯。"我说，"东西没有破到实在不能用，我就不愿意把它扔掉。我铺的褥子，还是你在老家纺的粗线，你母亲织的呢！"

我找出了一条破裤和一件破衬衫，叫她去做椅垫，她拿到小女儿的家里去做。小女儿说："我这里有的是新布，用那些破东西干什么？"

大女儿说："咱爹叫用什么，我就只能用什么。"

那里有缝纫机，很快她就把椅垫做好拿回来了。

夜晚，我照例睡不好觉。先是围绕着那个日本"人造丝"包袱皮儿，想了很久：年轻时，我最喜爱书，妻最喜爱花布。那时乡下贩卖布头的很多，都是大城市裁缝铺的下脚料。有一次，去子文镇赶集，我买了一部石印的小书，一棵石榴树苗，还买了这块日本人造丝的布头，回家送给了妻子。她很高兴，说花色好看，但是不成材料，只能做包袱皮儿。她一直用着，经过抗日战争，解放战争，又带到天津，经过"文化大革命"，多次翻箱倒柜地抄家，一直到她去世。她的遗物，死后变卖了一些，孩子们分用了一些。眼下就只有两个包袱皮儿了。这一件虽是日本"人造丝"，当时都说不坚实耐用，经历了整整五十年，它只有一点折裂，还是很完好的。而喜爱它、使用它的人，亡去已经有十年了。

我艰难入睡，梦见我携带妻儿老小，正在奔波旅行。住在一家店房，街上忽然喊叫，发大水了。我望见村外无边无际，滔滔的洪水。我跑到街上，又跑了回来，面对一家人发急，这样就又醒来了。

　　清晨，我对女儿叙述了这个梦境。女儿安慰我说："梦见水了好，梦见大水更好。"

　　我说："现在，只有你还能知道一些我的生活经历。"

1983 年 10 月 12 日晨

戏的续梦

过去，我写过一篇《戏的梦》，现在写《戏的续梦》。

俗话儿说，"隔行如隔山"；又说，"这行看着那行高"。的确不错。比如说，我是写文章的，却很羡慕演员，认为他们的生活，他们的艺术，神秘无比。对话剧、电影演员，倒没有什么，特别羡慕京剧演员，尤其是女演员。在我童年的时候，乡下的戏班，已经有了坤角儿，她们的演出，确实是引人入迷的。在庙会大戏棚里，当坤角儿一上场，特别是当演小放牛这类载歌载舞的戏剧时，那真称得起万头攒动，如醉如狂。从这个印象出发，后来我就特别喜欢看花旦和武旦的戏，女扮男装的戏，比如《辛安驿》呀，《铁弓缘》呀，《虹霓关》呀等等。

三十年代初，我在北京当小职员，每月十八元钱，还要交六元钱的伙食费。但到了北京，如果不看戏，那不是大煞风景吗？因此，我每礼拜必定看一次京戏。那时北京名角很多，我不常去看，主要是看富连成和中华戏剧学校小科班的"日场戏"，每次花三四角钱，就可以了。

中华戏剧学校演出的地点，是东安市场的吉祥剧场。在这里，我看过无数次的戏，这个科班的"德和金玉"四班学生，我都看过。直到现在，还记得他们的名字。

每次散戏出场，我还恋恋不舍，余音缭绕在我的脑际。看到停放在市场大门一侧的、专为接送戏校演员的、那时还很少见到的、华贵排场的大轿车，对于演员这一行，就尤其感到羡慕不已了。

后来回到老家参加游击队打日本，就再也看不到京戏。庙会没有了，有时开会演些节目，都是外行强登台，文场没有文场，武场没有武场，实在引不起我这看过真正京戏的人的兴趣。

地方上原来也有几个京剧演员，其中也有女演员，凡有些名声的，这时都躲到大城市混饭吃去了。有一年春节，我们驻扎在保定附近一个村庄，听说这村里有一个唱花旦的女演员，从保定回来过节，我们曾想把她动员过来，给我们演几段戏。还没有计议好，人家就听到了风声，连夜逃回保定去了。

一九七二年春天，在一种特殊的情况下，我认识了一位演花旦和能反串小生的青年女演员。说是认识，也没有说过多少话。只是在去白洋淀体验生活时，我和她同坐一辆车。这可能是剧团对我们的优待，因为她是这个剧团的主要演员，我是新被任命的顾问，并被人称作首席顾问。虽然当了顾问，比过去当牛鬼蛇神稍微好听了一点，实际处境还是很糟。比如出发的这天早晨，家里有人还对我表示了极端的不尊重，我带着一肚子闷气上了车，我右边座位上就是这位女演员。

　　我上车来，她几乎没有任何表示，头一直望着窗外。我也没有说话，车就开动了。这是一辆北京牌吉普车，开车的是一位原来演武生，跌伤了腿，改学司机的青年。一路上，车开得很快，我不知道多么快，反正是风驰电掣、腾云驾雾一般。我想：不是改行，他满可以成为一名骆连翔式的"勇猛武生"。如果是现在，我一定要求他开慢一点，但在那个年月，我的经验是处处少开口为妙。另外，经过几年的摔打，什么危险，我也有些不在乎了。

　　路经保定，车辆到齐，要吃午饭，我提出开到一个好些的饭店门口，我请客。我觉得这是责无旁贷的事，却也没有人对我表示感谢。其实好些的饭店，也不过是卖炒饼，而饼又烙得厚，切得块大，炒得没滋味。饭后每人又喝了一碗所谓木樨汤。

　　然后又上路，到了新安县，天还早，在招待所休息一下，我们编剧组又一同绕着城墙，散步一番。我不记得当时这位女演员说过什么话。她穿得很普通，不上台，谁也看不出她是个演员来，这也是"文化革命"的结果。

　　听说，她刚刚休完产假。把孩子放在家里，有些不放心吧。她担任的那个主角，又不好演，唱段、武打很多，很是吃力。她虽然是主角，但她在台上，我看不到过去的花旦、武旦的可爱形象。她那一头短发，一身短袄裤，一顶戴在头上的破军帽，一支身上背的木制盒子枪，一举一动，都使旧有的京剧之美，女角之动人，在我的头脑里破灭了。可惜新的京剧之美，英雄之美，并没有在旧的基础上滋生出来。

　　在那些时候，我惊魂不定，终日迷迷惘惘，什么也不愿去多想，沉默寡言、应付着过日子。周围的人，安分守己的人，也都是这样过日子。不久，我得了痢疾，她和另外两位女演员，到我的住处看望我，这可能是奉领导之命，还提出要为我洗衣服，我当然不肯，向她们表示了谢意。

我们常常到外村体验生活，都是坐船去。有一次回来时天晚了，烟雾笼罩着水淀，我和这位演员坐在船头上，我穿着单衣，身上有些冷，从书包里取出一件棉背心，套在外面，然后又没精打采地蜷缩在那里。可能是这种奇怪的穿衣法，引起了她的兴致；也可能是想给她身边这位可怜的顾问增添点乐趣，提提精神，驱除寒冷，她忽然用京剧小生的腔调，笑了几声，使整个水淀都震荡，惊起几只水鸟，我才真正地欣赏了她的京剧才能，并感到了她对我的真诚的好意。

那些年月，对于得意或失意的人，成功或失败的人，造反或打倒的人，生者或死者，都算过去了，过去很久了。我也更衰老了，但心里保留了一幅那个年月人与人的关系的图表。因此，这些情景，还记得很清楚。

我十二岁的时候，父亲给我买了一本《京剧大观》，使我对京剧有了一些知识。在我流浪时，从军时，一个人苦闷或悲愤，徘徊或跋涉时，我都喊过几句京戏。在延安窑洞里，我曾请一位经过名师传授的同志去教我唱，因此对她产生了爱慕之情，并终于形成了痛苦的结果。在农村工作时，我常请一些民间乐手为我操琴，其实我唱得并不好。后来终有机会和这个剧团的内行专家们，共同生活了几个月，虽然时候赶得不好，但也平平安安，相安无事。

今年春天，忽然有一位唱花脸的同志来看我，谈起了这段往事。我送给他一本书，随后又拿了一本，请他送给那位女演员。

1984 年 3 月 7 日

唐官屯

虽然我在文章中，常常写到抗日战争和解放战争，实际上我并没有真正打过仗。我是一名文士，不是一名战士。我背过各式各样的小手枪，甚至背过盒子炮，但那都是装饰性的，为了好看。我没有放过一次枪，所以带上这种玩意儿，连自卫防身都说不上，有时还招祸。有一次离开队伍，一个人骑自行车走路，就因为腰里有一把撸子，差一点没被身后的歹人暗算。

所以说，我参加过战争，只是在战争的环境里，生活和工作过。或者说在战争的外围，战争的后方，转游了那么十多年。

一九四八年初夏，我亲临了一次前线。那是解放战争中，青沧战役的攻取唐官屯战斗。我在抗日胜利后，回到了冀中区。区党委在一次会议中，号召作家们上前线，别人都没应声，我报了名。这并非由于我特别勇敢，或是觉悟比别人高。是因为我脸皮薄，上级一提及作家，我首先沉不住气。

我从河间骑自行车到青县，在一个村庄找到了军部，那里有我在抗日战争时期认识的一位诗人，是军的宣传部长。他又介绍我去找旅部，并把我送出村外，走了很远。他对我说：

"你没有打过仗，到那里又没有熟人，自己要特别注意。打起仗来，别人照顾不了你。"

他说得很恳切真诚，使我一直记得他当时的严肃神情和拳拳之意。

我到了旅部，旅政治部，有我在抗战学院时一个学生。这位学生，曾跟我在一个剧团里拉过胡琴。他向要去参加战斗的宣传科王科长介绍了我，要他在前方关照我。

第二天下午，王科长带着我参加了进攻唐官屯的战士行列。在路上，遇到一位也是来体验生活的同志，据说是茅盾的女婿，我和他一前一后走着。他牺牲在这次战斗里。

战斗开始后，王科长和我在唐官屯附近一个菜园里，菜园里有一间土屋，架有指挥部的电话。当战斗进行了十几分钟的时候，王科长带我去过河。河对岸的敌人碉堡，已经被摧毁。我不知道，战士们怎样过的河，很可能是涉水过去的。我们却要在河边等待撑过来的一只大笸箩。我看到河边有几具战士的尸体，被帆布掩盖起来。这时有一发炮弹落到河边，我在沙地上翻滚了几下，然后上到笸箩里，到了对岸。

到了对岸，天已经黑下来，王科长带我进了街。街的那一头还在战斗，他把我安置在一家店铺，就到前面做他的工作去了。

我一个人在店铺黑洞洞的屋里，整整坐了一夜，听着稀稀拉拉的枪炮声。黎明时，王科长才回来，他告诉我已经开仓济贫，叫我去看看市民们领取粮食的场面。

不到中午，这次战争就算胜利结束了，我们来时过的那条河上，已经搭起了浮桥，我从上面走了回来。

在这次战斗中，我没有得到什么战利品，反倒丢失了一条皮带，还有原来挂在皮带上的一只小洋瓷碗，和一件毛背心。毛背心是用我年幼时一条大围巾，请一位女同志改织而成。这可能是遇到炮击时，我滚爬时失落的，也可能是丢在那家店铺里了。

直到现在，我还常常想起那位王科长。他高高的个儿，瘦瘦的脸上，流露着沉着机敏的神情。对我的负责照料，那就更不用说了。

关于这次到前线，我只是写了一篇简短的报导。

当然，没有打过仗的人，也可以把战争写得很生动很热闹，就像舞台上的武打一样，虽然绝对不是古代战争的真相，却能按照程式演得火炽非常。但我从来不敢吹牛，我在这方面有多少感受。因为我太缺乏战斗经验了。

两年以后，当我搬家来天津的时候，一天夜晚，全家人宿在唐官屯村头一家破败的大车店里。我又见到了那条河，想起了那用大帆布蒙盖着的战士尸体。但天色已经很暗，远处的景物，就都看不清楚了。说实在的，那时我正在为一家七口人的生活、衣食操劳焦心，再没有心情去详细回忆既往，观察目前。我甚至没有兴致向家人提说，过去我曾经跟着军队，在这里打过仗，差一点没有炸死在河边上。第二天黎明，就又登程赶路了。

1984 年 5 月 2 日

病期经历

小汤山

我从北京红十字医院出来，就到北京附近的小汤山疗养院去。报社派了一位原来在传达室工作的老同志来照顾我。

他去租了一辆车，在后座放上了他那一捆比牛腰还要粗得多的行李，余下的地方让我坐。老同志是个光棍汉，我想他把全部家当都随身带来了。出了城，车在两旁都是高粱地的狭窄不平的公路上行驶。现在是七月份，天气干燥闷热，路上也很少行人车辆。不久却遇上一辆迎面而来的拉着一具棺材的马车，有一群苍蝇追逐着前进，使我一路心情不佳，我的神经衰弱还没有完全好。

小汤山属昌平县，是京畿的名胜之一，有一处温泉，泉水形成了一个不小的湖泊，周围还有小河石桥等等景致。在湖的西边有一块像一座小平房的黑色巨石，人们可以上到顶上眺望。

湖旁有一些残碣断石，可以认出这里原是晚清民初什么阔人的别墅。解放以后，盖成一座规模很不小的疗养院。

我能来这里疗养，也是那位小时的同学李之琏同志给办的，他认识一位卫生部的负责人，正在这里休养和管事。疗养院是一排两层的楼房，头起有两处高级房间，带有会客室和温泉浴室。我竟然住进了楼上的一间。这也是我一生中难得的幸遇，所以特别在这里记一笔。

在小汤山，我学会了钓鱼和划船。每天从早到晚，呼吸从西北高山上吹来的，掠过湖面，就变成一种潮湿的、带有硫磺气味的新鲜空气。钓鱼的技术虽然不高，也偶然能从水面上钓起一条大鲢鱼，或从水底钓起一条大鲫鱼。

划船的技术也不高，姿态更不好，但在这个湖里划船，不会有什么风浪的危险，可以随心所欲，而且有穿过桥洞、绕过山脚的种种乐趣。温泉湖里的草，长得特别翠绿柔嫩，它们在水边水底摇曳，多情和妩媚，诱惑人的力量，在我现在的心目中，甚于西施贵妃。

我的病渐渐好起来了。证明之一，是我开始又有了对人的怀念、追思和恋慕之情。我托城里的葛文同志，给在医院细心照顾过我的一位护士，送一份礼物，她就要结婚了。证明之二，是我又想看书了。我在疗养院附近的小书店，买了新出版的拍案惊奇和唐才子传，又郑重地保存起来，甚至因为不愿意那位老同志拿去乱翻，惹得他不高兴。

这位老同志原来是赶大车的，我们傍晚坐在小山上，他给我讲过不少车夫进店的故事。我们还到疗养院附近的野地里去玩，那里有不少称之为公主坟的地方。

从公主坟地里游玩回来，我有时看看聊斋志异。这件事叫疗养院的医生知道了，对那位老同志说：

"你告他不要看那种书，也不要带他到荒坟野寺里去转游！"

其实，神经衰弱是人间世界的疾病，不是狐鬼世界的疾病。

我的房间里，有引来的温泉水。有时朋友们来看我，我都请他们洗个澡。慷国家之慨，算是对他们的热情招待。女同志当然是不很方便的。但也有一位女同志，主动提出要洗个澡，使我这习惯男女授受不亲的人，大为惊异。

已经是十一月份了，天气渐渐冷了，湖里的水草，也不再像过去那样翠绿。清晨黄昏，一层蒸汽样的浓雾，罩在湖面上，我们也很少上到小山顶上去闲谈了。在医院时，我不看报，也不听广播，这里的广播喇叭，声音很大，走到湖边就可以听到，正在大张旗鼓地批判右派。有一天，我听到了丁玲同志的名字。

过了阳历年，我决定从小汤山转到青岛去。在北京住了一晚，李之琏同志来看望了我。他虽然还是坐了一辆小车来，也没有和我谈论什么时事，但我看出他的心情很沉重。不久，就听说他也牵连在所谓右派的案件中了。

1984 年 9 月 28 日晨四时记

青岛

关于青岛，关于它的美丽，它的历史，它的现状，已经有很多文章写过了。关于海、海滨、贝壳，那写过的就更多，可以说是每天都可以从报刊见到。

我生在河北省中部的平原上，是一个常年干旱的地方，见到是河水、井水、雨后积水，很少见到大面积的水，除非是滹沱河洪水暴发，但那是灾难，不是风景。后来到白洋淀地区教书，对这样浩渺的水泊，已经叹为观止。我从来也没有想过到青岛这类名胜之地，去避暑观海。认为这种地方，不是我这样的人可以去得的，去了也无法生存。

从小汤山，到青岛，是报社派小何送我去的。时间好像是一九五八年一月。

青岛的疗养院，地处名胜，真是名不虚传。在这里，我遇到了各界的一些知名人士，有哲学教授，历史学家，早期的政治活动家，文化局长，市委书记，都是老干部，当然有男有女。

这些人来住疗养院，多数并没有什么大病，有的却多少带有一点政治上的不如意。反右斗争已经进入高潮，有些新来的人，还带着这方面的苦恼。

一个市的文化局长，我们原来见过一面，我到那个市去游览时，他为我介绍过宿地。是个精明能干的人，现在得了病，竟不认识我了。他精神沉郁，烦躁不安。他结婚不久的爱人，是个漂亮的东北姑娘，每天穿着耀眼的红毛衣，陪着他，并肩坐在临海向阳的大岩石上。从背后望去，这位身穿高干服装的人，该是多么幸福，多么愉快。但他终日一句话也不说，谁去看他，他就瞪着眼睛问：

"你说，我是右派吗？"

别人不好回答，只好应酬两句离去。只有医生，是离不开的，是回避不了的。这是一位质朴而诚实的大夫，有一天，他抱着甘冒天下之大不韪的决心，对病人说：

"你不是右派，你是左派。"

病人当时脸上露出了一丝笑容，但这一保证，并没有能把他的病治好。右派问题越来越提得严重，他的病情也越来越严重。不久，在海边上就再也见不到他和他那穿红毛衣的夫人了。

我邻居的哲学教授，带来一台大型留声机，每天在病房里放贝多芬的唱片。他热情地把全楼的病友约来，一同欣赏。但谁也不能去摸他那台留声机。留声机的盖子上，贴有他撰写的一张注意事项，每句话的后面，都用了一个大惊叹号，他写文章，也是以多用惊叹号著称的。

我对西洋音乐，一窍不通，每天应约听贝多芬，简直是一种苦恼。不久，教授回北京去，才免除了这个负担。

在疗养院，遇到我的一个女学生。她已进入中年，穿一件黑大衣，围一条黑色大围巾，像外国的贵妇人一样。她好到公园去看猴子，有一次拉我去，带了水果食物，站在草丛里，一看就是一上午。她对我说，她十七岁出来抗日，她的父亲，在土地改革时死亡。她没有思想准备，她想不通，她得了病。但这些话，只能向老师说，不能向别人说。

到了夏季，是疗养地的热闹时期，家属们来探望病人的也多了。我的老伴也带着小儿女来看我，见我确是比以前好多了，她很高兴。

每天上午，我跟着人们下海游泳，也学会了几招，但不敢到深处去。有一天，一位少年倜傥的"九级工程师"，和我一起游。他慢慢把我引到深水，我却差一点没喝了水，赶紧退了回来。这位工程师，在病人中间，资历最浅最年轻，每逢舞会，总是先下场，个人独舞，招徕女伴大众围观，洋洋自得。

这是病区，这是不健康的地方。有各种各样的人，各种各样的病。在这里，会养的人，可以把病养好，不会养的人，也可能把病养坏。这只是大天地里的一处小天地，却反映着大天地脉搏的一些波动。

疗养院的干部、医生、护理人员，都是山东人，很朴实，对病人热情，照顾得也很周到。我初来时，病情比较明显，老伴来了，都是住招待所。后来看我好多了，疗养院的人员都很高兴。冬天，我的老伴来看我，他们就搬来一张床，让我们夫妻同处，还叫老伴跟我一同吃饭。于是我的老伴，大开洋荤，并学会了一些烹饪技艺。她对我说：我算知道高汤是怎么个做法了，就是清汤上面再放几片菜叶。

护士和护理员，也都是从农村来的，农村姑娘一到大城市，特别是进了疗养院这种地方，接触到的，吃到的，看到的，都是新鲜东西。

疗养人员，没有重病，都是能出出进进，走走跳跳，说说笑笑的。疗养生活，说起来虽然好听，实际上很单调，也很无聊。他们每天除去打针散步，就是和这些女孩子打交道。日子久了，也就有了感情。在这种情况下，两方面的感情都是容易付出的，也容易接受的。

我在这个地方，住了一年多。因为住的时间长了，在住房和其他生活方面，疗养院都给我一些方便。春夏两季，我差不多是自己住着一所小别墅。

小院里花草齐全，因为人烟稀少，有一只受伤的小鸟，落到院里。它每天在草丛里用一只腿跳着走，找食物，直到恢复了健康，才飞走了。

其实草丛里也不是太平的。秋天，一个病号搬来和我同住，他在小院散步时，发现一条花蛇正在吞食一只癞蛤蟆。他站在那里观赏两个小时，那条蛇才完全吞下了它的猎物。他对我说：有趣极了！并招呼我去看看，我没有去。

我正在怀疑，我那只小鸟，究竟是把伤养好，安全飞走了呢；还是遇到了蛇一类的东西，把它吞掉了？

我不会下棋、打扑克，也不像别人手巧，能把捡来的小贝壳，编织成什么工艺品，或是去照相。又不好和人闲谈，房间里也没有多少书。最初，就去海边捡些石头，后来石头也不愿捡了，只是在海边散步。晴天也去，雨天也去，甚至夜晚也去。夜晚，走在海岸上听海涛声，很雄壮也很恐怖。身与海浪咫尺之隔，稍一失足，就会掉下去。等到别人知道了，早已不知漂到何处。想到这里，夜晚也就很少出来了。

在这一年冬季，来了一位护理员，她有二十来岁，个子不高，梳两条小辫。长得也不俊，面孔却白皙，眼神和说话，都给人以妩媚，叫人喜欢。她正在烧锅炉，夜里又要去炼钢铁，还没有穿棉衣。慢慢熟识了，她送给我一副鞋垫。说是她母亲绣的，给她捎了几副来，叫她送给要好的"首长们"。鞋垫用蓝色线绣成一株牡丹花，很精致，我收下了。我觉得这是一份情意，农村姑娘的情意，像过去在家乡时一样的情意。我把这份情意看得很重。我见她还没穿棉袄，就给她一些钱，叫她去买些布和棉花做一件棉袄，她也收下了。

这位姑娘，平日看来腼腼腆腆，总是低着头，遇到一定场合，真是嘴也来得，手也来得。后来调到人民大会堂去做服务员，在北京我见到她。她出入大会堂，还参加国宴的招待工作，她给我表演过给贵宾斟酒的姿势。还到中南海参加过舞会，真是见过大世面了。女孩子的青春，无价之宝，遇到机会，真是可以飞上天的。

这是云烟往事，是病期故事。是萍水相逢。萍水相逢，就是当水停滞的时候，萍也需要水，水也离不开萍。水一流动，一切就成为过去了。

我很寂寞。我有时去逛青岛的中山公园。公园很大，很幽静，几乎看不到什么游人。因为本地人，到处可以看到自然景物，用不着花钱来逛公园；外地人到青岛，主要是看海，不会来逛各地都有的公园的。但是，青岛的公园，对我来说，实在可爱。主要是人少，就像走入幽林静谷一样，不像别处的公园，像赶集上庙一样。公园里有很大的花房，桂花、茶花、枇杷果，在青岛都能长得很好，在天津就很难养活。公园还有一个鹿苑，我常常坐在长椅上看小鹿。

我有机会去逛了一次崂山。那时还没有通崂山的公共汽车，去一趟很不容易。夏天，刘仙洲教授来休养，想逛崂山，疗养院派了一辆吉普车，把我也捎上。刘先生是我上过的保定育德中学的董事，当时他的大幅照片，悬挂在校长室的墙壁上，看起来非常庄严，学生们都肃然起敬。现在看来，并不显老，走路比我还快。

车在崂山顶上行驶时，真使人提心吊胆。从左边车窗可以看到，万丈峭壁，下临大海，空中弥漫着大雾，更使人不测其深危。我想，司机稍一失手，车就会翻下去。还有几处险道，车子慢慢移动，车上的人，就越发害怕。

好在司机是有经验的。平安无事。我们游了崂山。

我年轻时爬山爬得太多了，后来对爬山没有兴趣，崂山却不同。印象最深的，是那两棵大白果树，真是壮观。看了蒲松龄描写过的地方，牡丹是重新种过的，耐冬也是。这篇小说，原是我最爱读的，现在身临其境，他所写的环境，变化并不太大。

中午，我们在面对南海的那座有名的寺里，吃午饭。饭是疗养院带来的面包、茶鸡蛋、酱肝之类，喝的也是带来的开水。把食物放在大石头上，大家围着，一边吃，一边闲话。刘仙洲先生和我谈了关于育德中学老校长郝仲青先生的晚年。

一九五九年，过了春节，我离开青岛转到太湖去。报社派张翔同志来给我办转院手续。他给我买来一包点心，说是在路上吃。我想路上还愁没饭吃，要点心干什么，我把点心送给了那位护理员。她正在感冒，自己住在一座空楼里。临别的那天晚上，她还陪我到海边去转了转，并上到冷冷清清的观海小亭上。她对我说：

"人家都是在夏天晚上来这里玩，我们却在冬天。"

亭子上风很大，我催她赶紧下来了。

我把带着不方便的东西，赠给疗养院的崔医生。其中有两支龙凤洞萧，一块石砚，据说是什么美人的画眉砚。

半夜，疗养院的同志们，把我送上开往济南的火车。

1984 年 9 月 30 日晨三时写讫

太湖

从青岛到无锡，要在济南换车，张翔同志送我。在济南下车后，我们到大众日报的招待所去休息。在街头，我看见凡是饭铺门前，都排着很长的队，人们无声无息地站在那里，表情都是冷漠的，无可奈何的。我问张翔：

"那是买什么?"

"买菜团子。"张翔笑着，并抱怨说，"你既然看见了，我也就不再瞒你。我事先给你买了一盒点心，你却拿去送了人。"中午，张翔到报社，弄来一把挂面，给我煮了煮，他自己到街上，吃了点什么。

疗养院是世外桃源，有些事，因为我是病人，也没人对我细说，在青岛，我只是看到了一点点。比如说，打麻雀是听见看见了，落到大海里或是落到海滩上的，都是美丽嫩小的黄雀。这种鸟，在天津，要花一元钱才能买到一只，放在笼里养着，现在一片一片地摔死了。大炼钢铁，看到医生们把我住的楼顶上的大水箱，拆卸了下来，去交任务。可是，度荒年，疗养院也还能吃到猪杂碎。

半夜里，我们上了开往无锡的火车，我买的软卧。

当服务员把我带进车室的时候，对面一边的上下铺，已经有人睡下了，我在这一边的下铺，安排我的行李。

对面下铺，睡的是个外国男人，上面是个中国女人。

外国人有五十来岁，女人也有四十来岁了，脸上擦着粉，并戴着金耳环。

我向来动作很慢，很久，我才关灯睡下了。

对面的灯开了。女人要下来，她先把脚垂下，轻轻点着男人的肚子。我闭上了眼睛。

女人好像是去厕所，回来又是把男人作为阶梯，上去了。我很奇怪，这个男人的肚子，为什么有这么大的负荷力和弹性。

男人用英语说：

"他没有睡着！"

天亮了，那位女人和我谈了几句话，从话中我知道男的是记者，要到上海工作。她是机关派来做翻译的。

男人又在给倚在铺上的女人上眼药。不知为什么，我对这两位同车的人很厌恶，我发见列车上的服务员，对他们也很厌恶。

离无锡还很远，我就到车廊里坐着去了。后来张翔告诉我，那女人曾问他，我会不会英语，我虽然用了八年寒窗，学习英语，到现在差不多已经忘光了。

张翔把我安排在太湖疗养院，又去上海办了一些事，回来和我告别。我们坐在太湖边上。不知为什么，我忽然感到特别的空虚和难以忍受的孤独。

最初，我在附近的山头转，在松树林里捡些蘑菇，有时也到湖边钓鱼。太湖可以说是移到内地的大海。水面虽然大，鱼却不好钓。有时我就坐在湖边一块大平石上，把腿盘起来，闭着眼睛听太湖的波浪声。

我的心安静不下来，烦乱得很。我总是思念青岛，我在那里，住的时间太长了，熟人也多。在那里我虽然也感到过寂寞，但还没有像现在这样可怕。

我非常思念那位女孩子。虽然我知道，这并谈不上什么爱情。对我来说，人在青春，才能有爱情，中年以后，有的只是情欲。对那位女孩子来说，也不会是什么爱情。在我们分别的时候，她只是说：

"到了南方，给我买一件丝绸衬衫寄来吧。"

这当然也是一种情意，但可以从好的方面去解释，也可以从不大好的方面去解释。

蛛网淡如烟，蚊蚋赴之；灯光小如豆，飞蛾投之。这可以说是不知或不察。对于我来说，这样的年纪，陷入这样的情欲之网，应该及时觉悟和解脱。我把她送我的一张半身照片，还有她给我的一幅手帕，从口袋里掏出来，捡了一块石头，包裹在一起，站在岩石上，用力向太湖的深处抛去。以为这样一来，就可以把所有的烦恼，所有的苦闷，所有的思念纠缠和忏悔的痛苦，统统扔了出去。情意的线，却不是那么好一刀两断的。夜里决定了的事，白天可能又起变化。断了的蛛丝，遇到什么风，可能又吹在一起，衔接上了。

在太湖遇到一位同乡，他也是从青岛转来的，在铁路上做政治工作多年。我和他说了在火车上的见闻。他只是笑了笑，没有回答。他可能笑我又是书呆子，少见多怪。这位同乡，看过我写的小说，他有五个字的评语："不会写恋爱。"这和另一位同志的评语："不会写战争"正好成为一副对联。

在太湖，几乎没有什么可记的事。院方组织我们去游过蠡园、善卷洞。我自己去过三次梅园，无数次鼋头渚。有时花几毛钱雇一只小船，在湖里胡乱转。撑船的都是中年妇女。

1984 年 10 月 6 日下午

昆虫的故事

人的一生，真正的欢乐，在于童年。成年以后的欢乐，则常带有种种限制。例如说：寻欢取乐；强作欢笑；甚至以苦为乐等等。

而童年的欢乐，又在于黄昏。这是因为：一天劳作之后，晚饭未熟之前，孩子们是可以偷一些空闲，尽情玩一会儿的。时间虽短，其欢乐的程度，是大大超过青年人的人约黄昏后的情景的。

黄昏的欢乐，又多在春天和夏天，又常常和昆虫有关。

一是捉黑老婆虫。

这种昆虫，黑色，有硬壳，但下面又有软翅。当村边的柳树初发芽时，它们不知从何处飞来，群集在柳枝上。儿童们用脚一踢树干，它们就纷纷落地装死。儿童们争先恐后地把它们装入瓶子，拿回家去喂鸡。我们的童年，即使是游戏，也常常和衣食紧密相连。

二是摸爬爬儿。

爬爬儿是蝉的幼虫，黄昏时从地里钻出来，爬到附近的树上，或是篱笆上。第二天清晨，脱去一层黄色的皮，就变成了蝉。

摸蝉的幼虫，有两种方式。一是摸洞，每到黄昏，到场边树下去转游，看到有新挖开的小洞，用手指往里一探，幼虫的前爪，就会钩住你的手指，随即带了出来。这种洞是有特点的，口很小，呈不规则圆形，边缘很薄。我幼年时，是察看这种洞的能手，几乎百无一失。另一种方式是摸树。这时天渐渐黑了，幼虫已经爬到树上，但还停留在树的下部，用手从树的周围去摸。这种方式，有点碰运气，弄不好，还会碰到别的虫子，例如蝎子，那就很倒霉了。而且这时母亲也就要喊我们回家吃饭了。

捉了蝉的幼虫，回家用盐水泡起来，可以煎着吃。

三是抄老道儿。

我们那里，沙地很多，都是白沙，一望无垠，洁白如雪，人们就种上柳子。柳子地，是我童年的一大乐园。玩累了，坐在沙地上，就会看见有很多小酒盅似的坑儿。里面光滑整洁，无声无息，偶尔有一个蚂蚁或是小飞虫，滑落到里面，很快就没有踪迹了。我们一边嘴里念念有词："老道儿，老道儿，我给你送肉吃来了。"一边用手往沙地深处猛一抄，小酒盅就到了手掌，沙土从指缝里流落，最后剩一条灰色软体的，形似书鱼而略大的小爬虫在掌心。这种虫子就叫老道儿。它总是倒着走，把它放在沙地上，它迅速地倒退着，不久就又形成一个窝，它也不见了。

它的头部，有两只很硬的钳子。别的小昆虫一掉进它的陷

阱，被它拉进土里吃掉，这就叫无声的死亡，或者叫莫名其妙的
死亡。

现在想来：道家以清静无为、玄虚冲淡为教旨。导引吐纳、
餐风饮露以延年。虫之所为，甚不类矣。何以千古相传，赐此嘉
名？岂农民对诡秘之行，有所讽喻乎？

1984 年 3 月 28 日上午

鞋的故事

我幼小时穿的鞋，是母亲做。上小学时，是叔母做，叔母的针线活好，做的鞋我爱穿，结婚以后，当然是爱人做，她的针线也是很好的。自从我到大城市读书，觉得"家做鞋"土气，就开始买鞋穿了。时间也不长，从抗日战争起，我就又穿农村妇女们做的"军鞋"了。

现在老了，买的鞋总觉得穿着别扭。想弄一双家做鞋，住在这个大城市，离老家又远，没有办法。

在我这里帮忙做饭的柳嫂，是会做针线的，但她里里外外很忙，不好求她。有一年，她的小妹妹从老家来了。听说是要结婚，到这里置办陪送。连买带做，在姐姐家很住了一程子。有时闲下来，柳嫂和我说了不少这个小妹妹的故事。她家很穷苦。她这个妹妹叫小书绫，因为她最小。在家时，姐姐带小妹妹去浇地，一浇浇到天黑。地里有一座坟，坟头上有很大的狐狸洞，棺木的一端露在外面，白天看着都害怕。天一黑，小书绫就紧抓着姐姐的后衣襟，姐姐走一步，她就跟一步，闹着回家。弄得组姐没法干活儿。

现在大了，小书绫却很有心计。婆家是自己找的，定婚以前，她还亲自到婆家私访一次。定婚以后，她除拼命织席以外，还到山沟里去教人家织席。吃带砂子的饭，一个月也不过挣二十元。

我听了以后，很受感动。我有大半辈子在农村度过，对农村女孩子的勤快劳动，质朴聪明，有很深的印象，对她们有一种特殊的感情。可惜进城以后，失去了和她们接触的机会。城市姑娘，虽然漂亮，我对她们终是格格不入。

柳嫂在我这里帮忙，时间很长了。用人就要做人情。我说："你妹妹结婚，我想送她一些礼物。请你把这点钱带给她，看她还缺什么，叫她自己去买吧！"

柳嫂客气了几句，接受了我的馈赠。过了一个月，妹妹的嫁妆操办好了，在回去的前一天，柳嫂把她带了来。

这女孩子身材长得很匀称，像农村的多数女孩子一样，她的额头上，过早地有了几条不太明显的皱纹。她脸面清秀，嘴唇稍厚一些，嘴角上总是带有一点微笑。她看人时，好斜视，却使人感到有一种深情。

我对她表示欢迎，并叫柳嫂去买一些菜，招待她吃饭，柳嫂又客气了几句，把稀饭煮上以后，还是提起篮子出去了。

小书绫坐在炉子旁边，平日她姐姐坐的那个位置上，看着煮稀饭的锅。我坐在旁边的椅子上。

"你给了我那么多钱。"她安定下来以后，慢慢地说，"我又帮不了你什么忙。"

"怎么帮不了?"我笑着说,"以后我走到那里,你能不给我做顿饭吃?"

"我给你做什么吃呀?"女孩子斜视了我一眼。

"你可以给我做一碗面条。"我说。

我看出,女孩子已经把她的一部分嫁妆穿在身上。她低头撩了撩衣襟说:

"我把你给的钱,买了一件这样的衣服。我也不会说,我怎么谢承你呢?"

我没有看准她究竟买了一件什么衣服,因为那是一件内衣。我忽然想起鞋的事,就半开玩笑地说"你能不能给我做一双便鞋呢?"

这时她姐姐买菜回来了。她没有说行,也没有说不行,只是很注意地看了看我伸出的脚。

我又把求她做鞋的话,对她姐姐说了一遍。柳嫂也半开玩笑地说:

"我说哩,你的钱可不能白花呀!"

告别的时候,她的姐姐帮她穿好大衣,箍好围巾,理好鬓发。在灯光之下,这女孩子显得非常漂亮,完全像一个新娘,给我留下了容光照人,不可逼视的印象。

这时女孩子突然问她姐姐:"我能向他要一张照片吗?"我高兴地找了一张放大的近照送给她。

过春节时,柳嫂回了一趟老家,带回来妹妹给我做的鞋。

她一边打开包，一边说：

"活儿做得精致极了，下了功夫哩。你快穿穿试试。"

我喜出望外，可惜鞋做得太小了。我懊悔地说：

"我短了一句话，告诉她往大里做就好了。我当时有一搭没一搭，没想她真给做了。"

"我拿到街上，叫人家给拍打拍打，也许可以穿。"柳嫂说。

拍打以后，勉强能穿了。谁知穿了不到两天，一个大脚趾就瘀了血。我还不死心，又当拖鞋穿了一夏天。

我很珍重这双鞋。我知道，自古以来，女孩子做一双鞋送人，是很重的情意。

我还是没有合适的鞋穿。这二年柳嫂不断听到小书绫的消息：她结了婚，生了一个孩子，还是拼命织席，准备盖新房。柳嫂说：

"要不，就再叫小书绫给你做一双，这次告诉她做大些就是了。"

我说："人家有孩子，很忙，不要再去麻烦了。"

柳嫂为人慷慨，好大喜功，终于买了鞋面，写了信，寄去了。

现在又到了冬天，我的屋里又升起了炉子。柳嫂的母亲从老家来，带来了小书绫给我做的第二双鞋，穿着很松快，我很满意。柳嫂有些不满地说："这活儿做得太粗了，远不如上一次。"

我想：小书绫上次给我做鞋，是感激之情。这次是情面之情。做了来就很不容易了。我默默地把鞋收好，放到柜子里，和第一双放在一起。

柳嫂又说："小书绫过日子心胜，她男人整天出去贩卖东西。听我母亲说，这双鞋还是她站在院子里，一边看着孩子，一针一线给你做成的哩。眼前，就是农村，也没有人再穿家做鞋了，材料、针线都不好找了。"

她说的都是真情。我们这一代人死了以后，这种鞋就不存在了，长期走过的那条饥饿贫穷、艰难险阻、山穷水尽的道路，也就消失了。农民的生活变得富裕起来，小书绫未来的日子，一定是甜蜜美满的。

那里的大自然风光，女孩子们的纯朴美丽的素质，也许是永存的吧。

1984 年 12 月 16 日

钢笔的故事

　　我在小学时，写字都是用毛笔。上初中时，开始用蘸水钢笔尖。到高中时，阔气一点的同学，已经有不少人用自来水笔，是从美国进口的一种黑杆自来水笔，买一支要五元大洋。我的家境不行，但年轻时，也好赶时髦。我有一个同班同学，叫张砚方，他的父亲是个军官，张砚方写得一手好魏碑字，这时已改用自来水笔，钢笔字还带有郑文公的风韵。他慷慨地借给了我五元钱，使我顺利地进入了使用自来水笔的行列。钢笔借款，使我心里很不安，又不敢向家里去要，直到张砚方大学毕业时，不愿写毕业论文，把我写的一篇"同路人文学论"拿去交卷，我才轻松了下来。其实我那篇文章，即使投稿，也不会中选，更不用说得什么评论奖了。

　　这支钢笔，作为宝贵财产，在抗日战争时期，家里人把它埋藏在草屋里。我已经离开家乡到山里去了。我家喂着一头老黄牛，有一天长工清扫牛槽时，发现了这支钢笔。因为是塑料制造，不是味道，老牛咀嚼很久，还是把它吐了出来。

在山里，我又用起钢笔尖，用秫秸做笔杆。那时就是钢笔尖，也很难买到，都是经过小贩，从敌占区弄来的。有一次，我从一个同志的桌上，拿了一个新钢笔尖用，惹得这个同志很不高兴。

就是用这种钢笔，在山区，我还是写了不少文章，原始工具，并不妨碍文思。

抗日战争胜利，我回到了冀中。先是杨循同志送我一支自来水笔，后来，邓康同志又送我一支。我把老杨送我的一支，送给了老秦。

不久，实行土改，我的家是富农，财产被平分。家里只有老母、弱妻和几个小孩子，没有劳力，生活很困难。我先是用自行车带着大女孩子下乡，住在老乡家里，女孩子跟老太太们一块纺线，有时还同孩子们到地里拾些花生、庄稼。后来，政策越来越严格，小孩子不能再吃公粮，我只好把她送回家去。因家庭成分不好，我有多半年不能回家。有一次回家，看见大女孩子，一个人站在屋后的深水里割高粱，我只好放下车子，挽起裤子，帮她去干活。

回到家里，一家人都在为今后的生活发愁。我告诉他们，周而复同志给我编了一本集子，在香港出版，托周扬同志给我带来了几十元稿费。现在我不能带钱回家，我已经托房东，籴了三斗小米，以后政策缓和了，可以运回来。这一番话，并不能解除家人的忧虑。妻说，三斗小米，够吃几天，哪里是长远之计？

我又说，我身上还有一支钢笔，这支钢笔是外国货，可以卖些钱，你们做个小本买卖，比如说卖豆菜，还可以维持一段时间。家人未加可否。

这都是杞人之忧，解放战争进行得出人意外地顺利，不久我就随军进入天津，忧虑也随之云消雾散。

进城以后，我买了一支大金星钢笔，笔杆很粗，很好用，用了很多年，写了不少字。稿费多了，有人劝我买一支美国派克笔。我这人经不起人劝说，就托机关的一位买办同志，去买了一支，也忘记花了多少钱。"文化大革命"，这是一条。群众批判说：国产钢笔就不能写字？为什么要用外国笔？我觉得说得也是，就检讨说：文章写得好不好，确实不在用什么笔。群众说检讨得不错。

其实，这支钢笔，我一直没有用过。我这个人小气，不大方，有什么好东西，总是放着，舍不得用。抄家时抄去了，后来又发还了，还是锁在柜子里。此生此世，我恐怕不会用它了。现在，机关每年要发一支钢笔，我的笔筒里已经存放着好几支了。

1985 年 4 月 11 日

老　屋

今天上午，老樊同志来看我。他是初进城时，天津日报的经理。工人出身，为人热情爽朗，对知识分子，能一见如故。我们并非来自一个山头，我从冀中来，他从冀东来，不久他就到湖南去了，相处的时间并不长，但他给我留下了很好的印象。每次他来天津，总是来看望我。记得地震那年，他来了，仓促间，我请他吃了一碗小米粥，算是请了他的客。今天提到这件老事，还同声大笑起来。

我送给他一本新出的书，他很高兴。这也是我的一点世故；工人出身的同志，最看重知识分子送给他书。

我说："我们一块进城的同志，有的死了，有的病了。当然，就目前说，活着的还是比死去的数目大。不过，好像轮到我们这一拨了，我一见那印着黑体字的大白信皮，就害怕。所以送你一本书。留个纪念。"

他说："这比什么纪念都好。也因为这个原因，所以我每次来，一定看望你。"

我说："进城时，我们同在这个院里住，你是管分配房屋的。那时同住的人，现在就剩我一个了。别的人，都搬走了，有的是老人搬走，把房子留给孩子们。现在户主，都是第二代，院里跑的，都是第三代。院子外观有很大的变化，内观也有很大的变化。唯独我这里，还是抱残守缺，不改旧观。不过人老了，屋子也老了。"

老樊笑着说："不错，不错。听说你身体比过去好了，文章比过去写得也多了。"

我说：

"我知道你是个乐天派，从来不发愁。我管保你能长寿，这从你的眼里就能看出来。"

送走老樊，我环顾了一下这座老屋，却没有什么新的感想，近几年，关于这个大院，我已经不止一次在文章里描写过了。

1985 年 6 月 17 日

大嘴哥

幼小时，听母亲说，"过去，人们都愿意去店子头你老姑家拜年，那里吃得好。平常日子都不做饭，一家人买烧鸡吃。十年河东，十年河西，现在，谁也不去店子头拜年了，那里已经吃不上饭，就不用说招待亲戚了。"

我没有赶上老姑家的繁盛时期，也没有去拜过年。但因为店子头离我们村只有三里地，我有一个表姐，又嫁到那里，我还是去玩过几次的。印象中，老姑家还有几间高大旧砖房，人口却很少，只记得一个疤眼的表哥，在上海织了几年布，也没有挣下多少钱，结不了婚。其次就是大嘴哥。

大嘴哥比我大不了多少，也没有赶上他家的鼎盛时期。他发育不良，还有些喘病，因此农活上也不大行，只能干一些零碎活。

在我外出读书的时候，我们家已经渐渐上升为富农。自己没有主要劳力，除去雇一名长工外，还请一两个亲戚帮忙，大嘴哥就是这样来我们家的。

　　他为人老实厚道，干活尽心尽力，从不和人争争吵吵。平日也没有花言巧语，问他一句，他才说一句。所以，我们虽然年岁相当，却很少在一块玩玩谈谈。我年轻时，也是世俗观念，认为能说会道，才是有本事的人；老实人就是窝囊人。在大嘴哥那一面，他或者想，自己的家道中衰，寄人篱下，和我之间，也有些隔阂。

　　他在我们家，待的时间很长，一直到土改，我家的田地分了出去，他才回到店子头去了。按当时的情况，他是一个贫农，可以分到一些田地。不过他为人孱弱，斗争也不会积极，上辈的成分又不太好，我估计他也得不到多少实惠。

　　这以后，我携家外出，忙于衣食。父亲、母亲和我的老伴，又相继去世，没有人再和我念叨过去的老事。十年动乱，身心交瘁，自顾不暇，老家亲戚，不通音问，说实在的，我把大嘴哥差不多忘记了。

　　去年秋天，一个叔伯侄子从老家来，临走时，忽然谈到了大嘴哥。他现在是个孤老户。村里把我表姐的两个孩子找去，说："如果你们照顾他的晚年，他死了以后，他那间屋子，就归你们。"两个外甥答应了。

　　我听了，托侄子带了十元钱，作为对他的问候。那天，我手下就只有这十元钱。

　　今年春天，在石家庄工作的大女儿退休了，想写点她幼年时的回忆，在她寄来的材料中，有这样一段：

在抗战期间，我们村南有一座敌人的炮楼。日本鬼子经常来我们村扫荡，找事，查户口，每家门上都有户口册。有一天，日本鬼子和伪军，到我们家查问父亲的情况。当时我和母亲，还有给我家帮忙的大嘴大伯在家。母亲正给弟弟喂奶，忽听大门给踢开了，把我和弟弟抱在怀里，吓得浑身哆嗦。一个很凶的伪军问母亲，孙振海（我的小名——犁注）到哪里去了？随手就把弟弟的被褥，用刺刀挑了一地。母亲壮了壮胆说，到祁州做买卖去了。日本鬼子又到西屋搜查。当时大嘴大伯正在西屋给牲口喂草，他们以为是我家的人。伪军问：孙振海到哪里去了？大伯说不知道。他们把大伯吊在房梁上，用棍子打，打得昏过去了，又用水泼，大伯什么也没有说，日本鬼子走了以后，我们全家人把大伯解下来，母亲难过地说：叫你跟着受苦了。

大女儿幼年失学，稍大进厂做工，写封信都费劲。她写的回忆，我想是没有虚假的。那么，大嘴哥还是我们一家的救命恩人。抗战胜利，我回到家里，他从来没有提起过这件事。初进城那几年，我的生活还算不错，他从来没有找过我，也没有来过一次信。他见到和听到了，我和我的家庭，经过的急剧变化。他可能对自幼娇生惯养，不能从事生产的我，抱有同情和谅解之心。我自己是惭愧的。这些年，我的心，我的感情，变得麻痹，也有些冷漠了。

1985 年 6 月 27 日下午

故园的消失

土改后，老家剩下三间带耳房的北屋。举家来津后，先是生产大队放置农具，原来母亲放在屋里的一些木料和杂物，当家本院的，都拿去用了，连两条木炕沿也拆走了。但每年雨季，他们见房子坍塌漏雨，也给修理修理。后来房顶茅草丛生，房基歪斜，生产队也没有了，就没有人再愿意管它。

村支部书记曾给我来过一封信，说明这种情况，问我如何处理。那时外面事情很多，我心里乱糟糟，实在顾不上这些事，就写了一封回信，大意是：也不拆，也不卖，听其自然，倒了再说。

后来知道，这座老屋，除去有倒塌的危险，还妨碍着村里新的街道规划。"文化大革命"后不久，当捐献集资之风刮起的时候，村里来了三个人：老支书、新支书和一个老贫农团员。我先安排他们找了个旅舍住下，并说明我这里没有人做饭，给了他们三十元钱，到附近饭馆用餐。第二天上午，才开始谈话。

他们说村里想新建一所小学校，县里又不给拨款，所以出来找找在外地工作的同志。

我开门见山地说，建小学，每个人都有责任。从我在村里上小学时，就没有一个正规的校舍，都是借用人家的闲房闲院。可是，你们不能对我抱过高的希望。村里传说我有多少钱，那都是猜想。我没有写出很红的书，销数都不大。过去倒是存了一些稿费，"文化大革命"时，大部分都上缴了。现在老了，也写不了多少东西，稿费也很低。我说着，从书柜里拿出新出版的一本散文集，对他们说：

"这样一本书，要写一年多，人家才给八百元。你们考虑过那几间破房吗？"

"倒是考虑过。"老支书说。

我说："有两个方案：一个是我给你们两千元。一个是你们回去把旧房拆了卖了，我再给一千元。"

他们显然有些失望，同意了第二个方案。并把我给他们的饭费还给了我，说这是因公出差，回去可以报销，就告辞了。

又过了些日子，听说有报纸报道了我捐资兴学的消息，县里也来信表扬，我都认为是小题大做。后来，本乡的乡长又来了，说是想把新盖的小学，以我的名字命名。我说："别开玩笑。我拿两千块钱，就可以命名一所小学；如果拿两万，岂不是可以命名一所大学了吗？我的奉献是很微薄的，我们那里如果有个港商就好了。"

"你给题个校名吧！"乡长说。

我说："我的字写不好，也不想写。回去找个写好字的给写

217

一下吧。"

我送给他一本《风云初记》和一本《芸斋小说》。

这件事就结束了。至此，老家已经是空白，不再留一草一木，一砖一瓦。这标志着：父母一辈人的生活经历，生活方式，生活志趣，生活意向的结束。也是一个从无到有，又从有到无的自然过程。

但老屋也留下了一张照片，这是儿子那年出差路经我村时拍摄的。可以看到，下沉的房基，油漆剥尽的屋门，空荡透风的窗棂，房前的杂草树枝，墙边的一只觅食的母鸡。儿子并说：他拍照时，并没有碰见一个村里的人。

芸斋主人曰：余少小离家，壮年军伍。虽亦眷恋故土，实少见屋顶炊烟。中间并有有家不得归者三次，时间相加十余年。回味一生，亲人团聚之情少，生离死别之痛多。漂萍随水，转蓬随风，及至老年，萍滞蓬摧，故亦少故园之梦矣。唯祝家乡兴旺，人才辈出而已。

1991 年 5 月 30 日

寄光耀

一

光耀同志：

　　收到你热情的信

　　你我故交

　　每有人从河北来

　　我总要问起你

　　我将牢记你的劝告

　　振作精神

　　不使老友失望

　　祝你保重身体

　　春节快乐

犁　1990 年 1 月 13 日晚

二

光耀同志：

　　五月十八日信敬悉

　　所告情景，深为感动

　　老目为之潮湿

　　他是诗人，重感情

　　你谈到我

　　他一定就想到了

　　一些故去的同志

　　如小川、李季等

　　感时伤事

　　触景生悲矣

　　前几天托艾东捎去小书一册

　　藉此，你可知我那十年的经历

　　　　祝

　　好

　　　　　　　　　　　　　孙　5 月 20 日

　　以上，是我用"诗体"，写在明信片上，给徐光耀同志的两封复信。

　　他的第一封来信说：他无意中得到了一本《无为集》，从个别篇章中，他有一种不祥的预感。他很"恐怖"，所以给我写信，劝我一定保重，千万不要想不开，使精神崩溃。因为他还把我当作一根精神支柱云云。

说白了，光耀是怕我身世坎坷，老年孤独，积忧不解，自寻短见。

《无为集》销数虽不多，也有数千册，我赠送友人的也有数十本。别人读了，没有看出问题，没有这种顾虑。唯独光耀有这种想法，有这种关怀，这说明光耀对我是有感情的，而且感情甚深。

至于说我是什么精神支柱，这是他对我还不十分了解。我还能做什么支柱？我本身软弱无力，自己都快站立不住了，还能支撑他人？

但光耀是农民出身，是诚实忠厚的，他说的也不会是恭维话，他可能是这么看的，虽然他看错了。

我赶紧给他写了第一张明信片，请他放心。

他的第二封来信说：一次开会，在吃晚饭的时候，他谈起了我。同桌有一位领导同志，眼圈立刻就红了，他不明白是什么原因。我给他写了第二张明信片。

我和光耀相识，是在一九五一年，同团出国期间，相处也不过一个多月。一九六二年，我大病初愈，要回老家看看，路经保定。光耀那时还戴着"帽子"，情况已经缓和，他陪我到保定附近的半亩泉、抱阳山游玩了一番，还给我照了几张相片。第二天，又一同到他的劳动点上，去劳动了半日，是拔旱萝卜。中午在老乡家吃了一顿红薯。下午，在他那间下放的小屋炕头，我俩并肩躺着，说了很长时间的话。天晚了，我回旅馆，他回家去。

交往就是这些。过去，他也没有给我写过信。但我一直认为他是个好人。对他很信任，他对我好像也不见外。

他能关心我的生死，并且一想到我会死去，就感到恐怖。我想，这种人在世界上还不会太多吧?

1991 年 11 月 15 日上午记

残瓷人

 这是一个小女孩的白瓷造像。小孩梳两条小辫，只穿一条黄色短裤。她一手捧着一只小鸟，一手往小鸟的嘴中送食，这样两手和小鸟，便连成了一体。

 这是我一九五一年，从国外一个小城市买回的工艺品。那时进城不久，我住在一个大院后面，原来是下人住的小屋里，房间里空空，我把它放在从南市旧货摊上买回的一个樟木盒子里。后来，又放进一些也是从旧货摊上买来的小玩意儿，成了我的百宝箱。

 有一年，原在冀中的一位老战友来看我。我想起在抗日战争时期，我过封锁线，他是军分区的作战科长，常常派一个侦察员护送我，对我有过好处，一时高兴，就把百宝箱打开，请他挑几件玩意儿。他选了一对日本烧制的小花瓶，当他拿起这个小瓷人的时候，我说：

 "这一件不送，我喜欢。"

 他就又放下了。为了表示歉意，我送了他一张董寿平的杏花立轴，他高兴极了。

后来，我的东西多了，买了一个玻璃柜，专放瓷器，小瓷人从破木盒升格，也进入里面。"文化大革命"，全被当作"四旧"抄走了。其实柜子里，既没有中国古董，更没有外国古董。它不过是一件哄小孩的瓷器，底座上标明定价，十六个卢布。

落实政策，瓷器又发还了。这真是有组织有计划的抄家，东西保存得很好，一件也没有损失，小瓷人也很好。

我已经没有心情再玩弄这些东西，我把它们放在一个稻草编的筐子里。一九七六年大地震，我屋里的瓷器，竟没有受损，几个放在书柜上的瓶子，只是倒在柜顶上，并没有滚落下来。小瓷人在草筐里，更是平安无事。

但地震震裂了屋顶。这是旧式房，天花板的装饰很重，一天夜里下雨，屋漏，一大块天花板的边缘部分，坠落下来，砸倒了草筐，小瓷人的两只手都断了。

我几经大劫，对任何事物，都没有了惋惜心情。但我不愿有残破的东西，放在眼前身边。于是，我找了些胶水，对着阳光，很仔细地把它的断肢修复，包括几片米粒大小的瓷皮，也粘贴好了。这些年，我修整了很多残书，我发现自己在修修补补方面，很有一些天赋。如果不是现在老眼昏花，我真想到国家的文物部门，去谋个差事。

搬家后，我把小瓷人带入新居，放在书案上。不知为什么，我忽然有些伤感了。我的一生，残破印象太多了，残破意识太浓了。大的如"九一八"以后的国土山河的残破，战争年代的城市村庄的残破。"文化大革命"的文化残破，道德残破。个人的故园残破，亲情残破，爱情残破……我想忘记一切。我又把小资人放回筐里去了。

　　司马迁引老子之言：美好者不祥之器。我曾以为是哲学之至道，美学的大纲。这种想法，当然是不完整的，很不健康的。

1992 年 1 月 30 日下午，大风

新春怀旧

东宁姨母

昨晚看电视，"神州风采"节目，介绍东北边陲小城东宁县。这个地名，我从小就知道。但究竟在哪里？离我的家乡到底有多远？是个什么地方，什么样子？我全都茫然。我细心地观看了电视上的介绍，感到在那熙熙攘攘的人流中，一定有我二姨母家的后代子孙。

外祖父家很贫苦，二姨母嫁给北黄城杜姓。姨父结婚不久，就下了关东。姨母生下一个男孩，叫书田，婆家不好住，姨母就带着孩子，住在娘家，有时住在我家，寄人篱下，生活很苦。这样一直到书田表哥十来岁上，姨父才来信，叫她到东北去，就是东宁县。

姨母在我家住时，常给我讲故事。她博通戏文，记忆力也很好。另外，她曾送给我二十四个铜钱，说上面的字，连起来是一首诗。我也忘记是些什么铜钱，当姨母启程时，母亲对我说，这些铜钱可以镇邪，乘车车不翻，乘舟舟不漏，叫我还给姨母了。

姨母到了东北以后，母亲常叫我给姨母写信。有一次我把省份弄错了，镇上的邮政代办所叫另写，母亲知道后，狠狠骂了我一顿，说我白念了书。一个小镇的代办人员，能对东宁这个边远小县，记得如此清楚，可见当年我们那一带，有多少人流浪在那里，有多少信件往来了。

姨母到了那里，又生了一个男孩，取名东转。听母亲说，姨父原来不务正业，下关东后，原先在赌场，给人家"跑合"。姨母去了以后，才回心转意，往正道上奔。加上姨母很能干，这样每年可以积攒一些钱，寄到我家，代买了几亩地。先由我家代种，后改由三姨母家代种。

书田表哥也大了，在东宁县开了一个小杂货店，我常常见到他写给我父亲的信，每次都通报那里粮食的价格。

东转表弟，不大安分。日军侵占东北以后，他当了伪军。"五一大扫荡"时，家乡传说他曾到冀中，但谁也没有亲眼见过他。

全国解放以后，书田表哥不知怎么弄到一本我写的小说，他给我写信说，已告知姨母，并说"这是一段佳话"。

"文革"时，我在报社大院劳动，书田哥的一个儿子来看我，在院里说了几句话，知道姨母早已去世，书田哥的老伴也故去了。小杂货铺已关闭，书田哥现在一家饭馆当会计。

后来，我的工资恢复，我的老伴也死去，很是苦闷孤独，思念远亲，我给书田哥寄去三十元钱，想换回些同情和安慰。没想到，他来了封回信，问起他家那几亩地，有些和我算账的意思。我真有些不愉快了。他老糊涂了，连老区的土改都不知道。后来，我没有再给他写过信。他也早已去世了。

从电视上，我知道东宁是中国、俄国、朝鲜，多民族聚居的地方，看起来，是很繁华热闹的。我幼年时，除去东宁，还知道一个地名叫黑河，是我大舅父去过的地方，前些日子，"神州风采"节目中，也介绍过。

那时人们想赚钱，都往东北跑，现在是奔东南。都是在春节过后，告别故乡。过去是背着简单的行李，徒步赶路。现在是携家带口，挤上火车。

1992 年 2 月 23 日

同乡鲁君

抗战前，我有一个既是同乡又是同学的朋友，他姓鲁。他的家，离我们村十几里地，每年春节，他都骑车到我家拜年，一见我母亲就问："伯母好!"这在今天，本是一句普通话，但在那时的农村，却显得特别文明、洋气。所以我的乡下老伴，一直记得，还有时模仿他的鞠躬动作。

旧社会，封建观念重，中学里也有同乡会。都是高年级的学生主持。我升到高中时，也担任这种脚色。鲁比我小三岁，把我看作兄长。

七七事变，有办法和有钱的学生，纷纷南逃，鲁有一个做官的伯父，也南下了。我没有办法，也没有钱，就在本地参加抗日工作。

从那时起，一直到前年，没有鲁的音讯，我总以为他到了台湾。忽然有一天，出版社转来一封他写给我的信，才知道他在重庆当教授，并创办了一所大学。现已退休。

从此就书信不断，听说我心脏不好，他给我寄红参，又寄人参。去年到北京开会，又专门来看我一次，住了一夜。我记得，我们是六十年不见了。他说是五十六年。他是学数学的，是测绘专家，当然记得准确。

这些年我很少招待亲朋。他以前表示要来，我也没有做过积极的反应。我以为少年之交，如同朝霞。多年不见，风轻云淡，经历不同，性格各异，最好以通信方式，保持友谊，不一定聚会多谈。实际上，在通过几次信件以后，各人的大体情况，都互相知道得差不多了，见面之后，也不一定有多少话好说。

但像鲁这样的朋友，他要来，我是不好拒绝的，也是希望见见的。因为这不只是多年不见，也恐怕是最后一面了。我珍惜我们少年时的友谊。

他是中午打电话来，告诉我到天津的时间的。整个下午，我都在紧张，一听见楼梯响，就开门看看。但直到六点，他还没有来。做饭的人，到时要下班，我只好先吃饭。刚拿起筷子，他就来了。

他是下了火车，坐公共汽车来的，身上还带着很多雪花。这使我很过意不去。我原想他会租一辆车来的。

我们一起，吃了一顿便饭。

晚上，我破例陪他说了很长时间的话，都是重复在信上说过的话。一边说话，少年时天真相聚的景象，一边在我脑子里闪现，越发增加了我伤逝的惆怅情绪。

我不愿重会多年不见的朋友，还有一个原因。就是相互之间的隔膜和不了解。人家以为我参加工作早，老干部，生活条件一定如何好，办法一定如何多。其实完全不是那么回子事。一见面会使老朋友失望，甚至伤心。

好在鲁的性格还没有变，还是那样乐观。能够体谅我，也敢于规劝我。他会中医，给我诊了脉，说心脏没有大问题。第二天，又帮做饭和包饺子，细细了解了我的生活习性和现状。他放心了。

在此以前，我把我所写的书，全寄给他了。这次来，知道他在练字，又没有好字帖，又送给他一部北京日报社印的，《三希堂字帖》四厚册，书是全新的，也太笨重，我已无力给他包裹，他自己捆了捆，手也不好用了。看来他很喜欢。

他对我说，我高中毕业时，把所有的英文书籍：《莎氏乐府本事》《泰西五十轶事》《林肯传》，都留给了他。又说，他从来不看小说，在他主办的大学里，图书馆也不买文艺书。但我的书，他都读了，主要是从中了解我的生活和经历。

我也想起不少往事。我曾经向他家要过一对大白鹅，鲁特意叫人给我送到家里。他家深宅大院，养鹅可以，我家是农舍小院，养这个并不适宜。我年轻好事，养在场院里，鹅仰头一叫，声震四邻。抗日期间,根据地打狗,家里怕惹事,就把鹅宰了。这是妻子后来告诉我的。

走时,我叫儿子借了一辆车,送他到车站,并扶他上了火车。

1992 年 2 月 26 日

我的绿色书

我自幼喜欢植物，不喜欢动物。进入学校，也是对植物学有兴趣。在我的藏书中，有不少是关于植物的书，如《群芳谱》《广群芳谱》《花镜》《花经》。其中《植物名实图考长编》，是一部大著作；它的姊妹篇，是《植物名实图考》，都是图，白描工笔，比看植物标本，还有味道，就不用说照片了。

我喜欢植物，和我的生活经历有关：我幼年在农村庄稼地里度过，后来又在山林中，游击八年。那时，农村的树木很多，村边，房后，农民都栽树。旧戏有段念白：看前边，黑压压，雾沉沉，不是村庄，便是庙宇。最能形容过去农村树木繁盛的景象。

幼年时，我只有看见农民种植树木，修剪树木的印象，没有看见有人砍伐树木的印象。

"文化大革命"以后，我曾亲眼看到一个花园式庭院毁灭的经过：先是私人，为了私利，把院中名贵的、高大的花木砍伐了；然后是公家，为了方便，把假山、小河，夷为平地，抹上洋灰，使它寸草不生，成了停车场。

在"干校"劳动时，那里是个农场，却看不到一棵成材的树。村边有一棵孤零零的小柳树，我整天为它的前途担心，结果，长到茶杯粗，夜里就叫人砍去，拴栅栏门了。

我的家乡，也不再是村村杨柳围绕。一眼望去，赤地千里，成了无遮拦的光杆村庄。

这是怎么回事？

有人说，这是素质不高；有人说，这是道德欠缺；有人说是因没有文化；有人说是因为穷。

当然，这都是前些年的事，现在的景象如何，我不得而知，因为我已经很久不出门了。

但从楼上往下看，还到处是揪下的柳枝、踏平的草地。藤萝种了多年，爬不到架上去，蔷薇本来长得很好，不知为什么，又被住户铲去了。

有人说这是管理不善；有人说这是法制观念淡薄；有人说，如果是私人的，就不会是这样了。这问题更难说清楚了。

我不知道，我过去走过的山坡、山道，现在的情景如何，恐怕也有很大变化吧！泉水还那样清吗？果子还那样甜吗？花儿还那样红吗？

见不到了，也不想再去打游击了。闭门读书吧。这些植物书，特别是其中的各种植物图，的确给老年人，增添无限安静的感觉。

1992 年 8 月 12 日清晨

秋凉偶记

扁豆

北方农村，中产以下人家，多以高粱秸秆，编为篱笆，围护宅院。篱笆下则种扁豆，到秋季开花结豆，罩在篱笆顶上，别有一番风情。

扁豆分白紫两种，花色亦然，相间种植，花分两色，豆各有形，引来蜂蝶，飞鸣其间，又添景色不少。

白扁豆细而长，紫扁豆宽而厚，收获以后者为多。

我自幼喜食扁豆，或炒或煎。煎时先把扁豆蒸一下，裹上面粉，谓之扁豆鱼。

吃饭是一种习性，年幼时好吃什么，到老年还是好吃什么。现在农贸市场，也有扁豆上市。

每逢吃扁豆，我就给家人讲下面一个故事：

一九三九年秋季，我在阜平县打游击，住在神仙山顶上。这座山很高很陡，全是黑色岩石，几乎没有人行路，只有牧羊人能上去。

山顶的背面，却有一户人家。他家依山盖成，门前有一小片土地，种了烟草和扁豆。

他种的扁豆，长得肥大出奇，我过去没有见过，后来也没有见过。

扁豆耐寒，越冷越长得多。扁豆有一种膻味，用羊油炒，加红辣椒，最是好吃。我在他家吃到的，正是这样做的扁豆。

他的家，其实就是他一个人。他已经四十开外，还是独身。身材高大，皮肤的颜色，和他身边的岩石，一般无二。

他也是一个游击队员。

每天天晚，我从山下归来，就坐在他的已经烧热的小炕上，吃他做的玉米面饼子，和炒扁豆。

灶上还烤好了一片绿色烟叶，他在手心里揉碎了，我们俩吸烟闲话，听着外面呼啸的山风。

1992 年 8 月 13 日清晨

芸斋曰：此时同志，利害相关，生死与共，不问过去，不计将来，可谓一心一德矣。甚至不问乡里，不记姓名，可谓相见以诚矣。而自始至终，能相信不疑，白发之时，能记忆不忘，又可谓真交矣。后之所谓同志，多有相违者矣。

同日又记

再观藤萝

楼下小花园，修建了一座藤萝架。走廊形，钢筋水泥，涂以白漆。下面还有供游人小憩的座位。但藤萝种了四五年，总爬不到架上去。原因是人与花争位，藤萝一爬到座位那里，妨碍了人，人就把它扒拉到地上去，再爬上来，就把它的尖子揪断。所以直到现在，藤条已经长到拇指那样粗，还是东一条，西一条，胡乱爬在地上。

藤萝这种花也怪，不上架不开花，一上架就开了。去年冬天，有一个老年人，好到这里休息晒太阳，他闲着没事，随手捡了一条塑料绳子，把头起的一枝藤条系到架上去，今年开春，它就开了一簇花，虽然一枝独秀，却非常鲜艳。

正当藤萝花开的时候，有几位年轻母亲，带孩子来这里坐。有一个女青年，听口音，看穿衣打扮，**好像是谁家的保姆**，也带着一个小孩，来架下玩耍。这位小保姆，个儿比较高，长得又健康俊俏，她站在架下，藤萝花正开在她的头上，在早晨的阳光照耀下，就好像谁给她插上去的。

自从改革开放以来，妇女服饰大变，心态也大变。只要穿上一件新潮衣裙，理上一个新潮发型，就是东施嫫母，也自我感觉良好，忽然变成了天仙。她们听着脚下高跟的响声，闻着脸上粉脂的香味，飘飘然地找到了自己的位置和价值。

这位农村来的女青年，站在这些人中间，显得超凡出众。她的美，是一种自然美，包括大自然的水土，也包括大自然的陶冶。她的美，是天生的，不是人为的，更没有描眉画眼的做假。她好像自觉到了这一点，所以她站在这些大城市时髦妇女中间，丝毫没有"不如人家"的感觉。她谈笑从容，对答如流，使得这些青年主妇们，也不能轻视她的聪明美丽。她成了谈话的中心，鹤立鸡群。

藤萝架旁边，每天还有一些老年妇女练功。教她们的，是一位带有江湖气味的中年人。这是一位热心公益的人，见到藤条散落地下，在他的学生们到来之前，他就找些绳索，把它们一一系到架上去。估计明年春季，藤萝架上，真的要繁花似锦了。

1992 年 8 月 16 日清晨

后富的人

这是一处高级住宅区。早晨八点以后，下午五时左右，接送厂长、经理、处长、局长的汽车，川流不息，不过时间不会太长，一会儿就过去了。下午的汽车，一到门口，尾巴就翘了起来。于是主人、司机以及家里人，把带回的大小纸袋子，大小纸箱子，搬到楼上去。

带回的东西，吃过用过以后，包装没处存放，就往垃圾道里丢。因此，第二天天还不亮，就有川流不息的捡破烂的人，来到楼群，逐楼寻找，垃圾间的铁门，响声不断。

过去，干这种营生的都是本市人，现在都是外地人。他们男男女女，老老少少，破衣烂裳，囚首垢面。背着一个大塑料口袋，手里拿一个铁钩子，急急忙忙地走着，因为就是早晨东西好捡。但时间也不会长，等到接人的汽车来时，他们就都消失了。

帮我做饭的妇人，熟于此道。我曾问她：

"前边一个刚从垃圾间出来，后面一个紧跟着就进去，哪里有那么多东西？"

她说："一幢楼上，住这么多人家，倒垃圾的习惯也不一样，你知道他什么时候往下倒？也许他刚走，上面就掉下个大纸盒子来，你不是就可以捡到了吗？"

她并且告诉我，干这个，只要手脚勤快，一天的收入，是很可观的。就是刚从外地来，一无所有，衣食住行，都可以从中解决：例如破衣服、破鞋帽、干面包、烂水果，可以吃穿；破席子，可以铺用；甚至有药片，可以服。如果胆大些，边旁的破车子，可以骑上；过些日子，再换一个三轮……

关于住，她没有讲。我清晨散步的时候，的确遇到过一个外地来的小姑娘，手里提着一个破布包，满身满脸是黑灰。她问我，什么地方可以洗洗脸？我问她为什么弄得这样，她没有说。但我看见她是从一幢楼房的垃圾间出来。

国家已经有不少人，先富了起来。这些从农村来城市觅生活的，可以说是后富起来的人吧。

1992 年 8 月 16 日清晨